PS: ICH MAG SIE TROTZDEM

Susanne Fülscher

PS: Ich mag sie trotzdem

My secret life

KeRLE
Freiburg · Wien · Basel

Die Schreibweise entspricht der neuen Rechtschreibung

Gedruckt auf umweltfreundlichem,
chlorfrei gebleichtem Papier

Umschlaggestaltung: Birgit Kohlhaas, NETWORK!,
München

Layout: Kurt Lackner, Wien
Druck und Bindung:
Freiburger Graphische Betriebe 2000
ISBN 3-451-70302-5

2. März

Hallo, liebe Nachwelt, da bin ich wieder! Musste nur mein neues Tagebuchheft aus meinem chaotischen Schreibtisch rauskramen, und das hat leider fast die ganze Nacht in Anspruch genommen. Keine Ahnung, wer meinen Schreibtisch so vermüllt hat. (Doch nicht etwa ich ***selbst??***)
Ach, Schreck, jetzt fällt mir gerade was ein. Um ehrlich zu sein, etwas ziemlich Dummes! Angenommen, mein altes, bis auf die letzte Seite vollgekritzeltes Notizheft geht eines Tages durch ein Erdbeben verloren, ein extraterrestisches Wesen frisst es auf, oder irgendein Hirni bastelt sich einen futuristischen Anzug draus, dann weiß kein Mensch, wer ich eigentlich bin und was in den letzten drei Monaten in meinem Leben passiert ist!

FÜR DIESEN SCHRECKLICHEN FALL DER FÄLLE HIER noch mal die Kurzfassung: Also... Ich heiße Antonia Smergo (Rufname Toni), bin dreizehndreiviertel und wohne mit meinen Eltern in Berlin. Papa stammt aus dem Land der Spaghetti, Fusilli, Tortellini, Maccheroni (richtig! aus Italien!), Mama aus dem Land der gelben Regenjacken (richtig! Ostfriesland!) und ich, Toni mit den Fusselhaaren, lebe seit genau dreizehndreiviertel Jahren in Berlin, wo meine Eltern insgesamt drei Imbisse betreiben und deshalb so gut wie nie Zeit für mich haben. Meine große Schwester Lilli wohnt noch bei uns zu Hause (studiert Modedesign), meine Uraltschwester Sophia ist schon ausgezogen und hat sich eine kleine Wohnung am Prenzlauer Berg genommen. (Sie kann sich's ja auch leisten. Arbeitet in der Personalabteilung bei Mc Do...)
Außerdem habe ich – und das ist doch wirklich nicht schlecht – drei beste Freundinnen. Mops, Charlotte und... Moment, das wird mir jetzt doch zu kompliziert.

Ich fertige grad mal eine Skizze an…

Alles klar soweit?

Das mit Fragezeichen-Nick hat folgendes auf sich: Nick wohnt bei uns im Haus und lange Zeit fand ich ihn ziemlich dröge. Dann fand ich ihn plötzlich nicht mehr dröge, musste aber feststellen, dass sich meine Freundin Charlotte ihn gekrallt hatte. Und jetzt weiß ich gar nicht mehr, was ich finde. Außer dass ich ziemlichen Hunger habe.

Später:

Frage des Tages: Was tut man besser nicht, wenn man Hunger hat?
Richtig! Den Kühlschrank plündern und hinterher auch noch die Schublade mit den Süßigkeiten. (Mama wird sich vielleicht wundern. Alle Kekse haben sich in Luft aufgelöst...)

JETZT IST MIR SCHLECHT.

Noch später:

Ein paar Infos für die Nachwelt: (aber nur für die Nachwelt! Alle anderen bitte die nächste Passage überlesen!)

1. Vor cirka 39 Stunden habe ich den ersten Zungenkuss meines Lebens bekommen. Leider nicht von einem Supertypen, sondern nur von einem Pickelface namens Manu (siehe Stammbaum). Aber immerhin... Und eigentlich war es auch ganz schön. Warm und weich und... na ja... auch ein bisschen spuckig. Manu hat mich gefragt, ob wir mal zusammen ins Aquarium gehen wollen. Ja. Vielleicht.

Irgendwann mal. Aber einfach „nur so“ – klar, Manu? Ich kann mir nämlich beim besten Willen nicht vorstellen, die Küsserei mit ihm zu wiederholen. Leider, leider bin ich überhaupt nicht in ihn verliebt. (SCHA-HA-DE!)

2. Mops und ich haben eine Band gegründet.

Und zwar die supergenialen, bahnbrechenden „HONOLULU-GIRLS“. (Du, liebe Nachwelt, wirst es bezeugen können. Alles, was vom zweiten Jahrtausend Nennenswertes übrig geblieben ist, sind die „HONOLULU-GIRLS“! (Jodeldihei!) Bisher sind zwar Mops und ich die einzigen festen Mitglieder, aber wir haben schon zwei Anwärterinnen für Keyboard und Bass. Ich werde Schlagzeug spielen. (Kriege so ein Ding von Addi Hering, einem Freund meines Vaters.) Schlagzeug ist cool. Oder besser gesagt: Mädchen am Schlagzeug finde ich cool. Bisher habe ich zwar nur mal auf Addi Herings Schlagzeug rumgedaddelt, aber so wie’s aussieht, bin ich ein Naturtalent.

3.

PS.
Scheint so, als ob mein Leben doch noch einen Sinn bekommt.

Ansonsten war die letzte Zeit eher flau. Alle meine Schwärme – und es waren insgesamt drei! – haben sich innerhalb kürzester Zeit als Nieten entpuppt. Als SUPERNIETEN! Der eine (Serienschauspieler) hat nie zurückgeschrieben, der andere war schwul, und der dritte, ein Typ namens Anton hat..., ach! Will nicht drüber reden, lohnt sich gar nicht, wirklich nicht...

Vorm Schlafengehen:

Yippie! Papa hat mir versprochen, morgen Nachmittag zu Addi Hering fahren um das Schlagzeug abzuholen.

A) Nett, da~~ß~~ss Papa sich Zeit für mich nimmt.

B) Nett, dass Addi Hering sich Zeit für uns nimmt.

B) Noch netter, dass Addi Hering mir tatsächlich das Schlagzeug spendiert!

Damit steht meiner Karriere als Drummerin also nichts mehr im Weg.

PS: O.k., o.k., liebe Nachwelt – schon klar. Du willst die Sache mit Anton wissen. Anton, unserem Mittelstufensprecher. Anton, dem hübschesten Jungen, den das Universum je gesehen hat...

Also, das war so: Ja, wie war es denn eigentlich? Wie fing alles an? Damit, dass ich Anton auf einmal total süß fand? Damit, dass ich mich vor lauter Verknalltsein kaum getraut hab ihn anzugucken? Oder damit, dass er mich angelächelt hat? Wie auch immer – jedenfalls ist es bei diesem einen Mal anlächeln geblieben und dann hatte er plötzlich eine Freundin. Blond und langhaarig und mit toller Figur. Ich bin zwar auch blond, aber meine Haare sind kurz und fusselig (hab ich von meiner Ostfriesenmama geerbt), und meine Figur ist...

Keine Ahnung, wie meine Figur ist. Vielleicht trifft die Beschreibung KLEIN UND SPIDDELIG am ehesten den Sachverhalt. (Oder eher knubbelfippsig?)

3. März

Gott sei Dank ist Wochenende. Gott sei Dank sind bald Osterferien...

Schule ist zur Zeit einfach nur so lala. Nur Kunst und natürlich Bio bei Bioküster (♥♥♥♥♥♥♥!!) machen mir Spaß. Alles andere ist dröge, um nicht zu sagen STINK-LANGWEILIG. Vielleicht liegt es auch daran, dass ich eine Englischarbeit in den Sand gesetzt habe. So richtig mit Schmackes (fünf plus!). Mama hat zwar nicht geschimpft, aber blöd geguckt hat sie schon. (Und blöd gucken ist genauso schlimm wie meckern. Stimmt doch, oder?) Beim Essen hat sie noch gemeint, sie würde das nicht verstehen, ich sei doch eigentlich ein intelligentes Mädchen. Klar bin ich intelligent, aber selbst die intelligentesten Mädchen versagen, wenn sie kein bisschen gelernt haben. (Für die nächste Klassenarbeit werde ich richtig büffeln. Versprochen!)

Der nächste Schlag waren meine Leistungen beim Sport. Ich weiß ja, ich bin keine Sportskanone wie Suse, aber muss ich deshalb gleich wie ein Mehlsack am Reck hängen und auch nach tausend Anläufen immer noch keinen Aufschwung hinbekommen? Suse hat sich wirklich zusammengerissen, um nicht vor Lachen loszuprusten – das war eindeutig an ihrem verkniffenen Gesicht abzulesen. Ich kann nur von Glück sagen, dass wenigstens Mops mich nicht im Stich gelassen und sich auch für die Mehlsack-Variante entschieden hat. (Mops ist ziemlich mopsig und wird vermutlich ihr Leben lang keinen Aufschwung schaffen. Zwar ist sie seit einiger Zeit angeblich auf Diät, aber irgendwie sieht sie kein bisschen dünner aus als vorher. Eher ein wenig dicker.)

PS. Lustig: Habe Mops neulich im Schulklo erwischt, wie sie eine Cremeschnitte verdrückt hat. Was für eine Diät soll das denn sein? Die Cremeschnittchen-Diät?

OH, ICH MUSS LOS! ADDI HERING WARTET!

Später:

Also, da kann einer sagen, was er will: Addi sieht immer hundertprozentig aus wie Julius Cäsar in unserem Geschibuch. Gleiche Nase, gleiche Frisur, gleiche Augen. Fehlt nur der Lorbeerkranz, und seinen Jeans-Gammellook hätten die Römer damals garantiert auch nicht so klasse gefunden. Addi Hering ist der einzige Mann in Papas Alter **(von denen, die ich kenne),** der weder Frau noch Kinder hat. Dafür einen Freund. Der war auch anwesend. (Hat leider nichts Römisches an sich, sondern sieht ziemlich deutsch aus: kurz geschnittener Vollbart, Brille, überkronte Schneidezähne.) Wir haben zusammen Malzbier getrunken, und Addi Hering wollte etwas über meine künftige Karriere als Musikerin wissen. Leider konnte ich noch nicht viel dazu sagen. Ausser dass wir die Band des noch neuen Jahrtausends werden und damit in die Geschichte eingehen. Aber dazu hat mir dann doch der Mut gefehlt.

Jedenfalls war es alles in allem ziemlich nett. Addi Hering ist nämlich nicht nur einfach ein Erwachsener, in jedem zweiten Satz, den er von sich gibt, bringt er einen Witz und zwar einen richtig komischen! Keine Ahnung, wie er das anstellt. (Ob er zu Hause ein Witzebuch hat, aus dem er täglich zwanzig bis fünfzig Witze raussucht und sie dann auswendig lernt??)

Egal. Immerhin bin ich jetzt stolze Besitzerin eines Schlagzeugs. Werd gleich mal ein bisschen üben.

Später Ich bin wirklich ein Naturtalent. Irgendwie hört es sich ziemlich cool an, was ich so auf meinem Schlagzeug fabriziere. Und was der Clou war: Ich habe einfach eine CD von Tocotronic eingelegt

(Geschenk von Charlotte) und dazu rumprobiert. Leider musste Lilli mich ausgerechnet in dem Moment stören, als ich so richtig in Fahrt war. Sie ist ins Wohnzimmer reingeschossen und hat losgemotzt, von wegen, der Krach sei ja unerträglich, sie müsse ein Referat ausarbeiten, und wenn ich nicht sofort aufhören würde rumzulärmen, würde sie die Polizei rufen und so weiter und so fort.

Ehrlich, meine Schwester hat einen Knall. Begreift einfach nicht, dass ich nur fürs kulturelle Erbe der Menschheit (=Nachwelt) sorge.

5. März, abends

Das Wochenende ist so schnell rumgegangen, dass ich gar nicht zum Schreiben gekommen bin. Als ob jemand KLICK gemacht hätte. Dabei ist – wenn ich's mir recht überlege – so einiges passiert.

Samstag

Leider, leider Gottes habe ich Nick und Charlotte beim Knutschen in unserem Treppenhaus erwischt. Keine Ahnung, warum sie sich ausgerechnet DIREKT VOR UNSERER HAUSTÜR bespeicheln mussten! (TRIEF, TROPF) Vielleicht wollten sie mich ärgern, oder aber sie haben es vor lauter Gier nicht mehr bis in Möhrings Wohnung geschafft.

Mann, war das eine grauenhaft peinliche Situation!

E R B A R M E N !

Ich komme also die Treppe hoch, sehe die beiden ineinander verschraubt dastehen, als gelte es, sich vor einem irrsinnig grausamen Kälteeinbruch (Schnee, Eis, Blitz und Donner) zu schützen. Hallo, sage ich mit einer Stimme, die ganz normal klingen soll, in Wahrheit aber piepsig hoch und krächzig ist. Charlotte und Nick fahren wie von der Tarantel gestochen auseinander (was dafür spricht, dass sie es vor lauter Gier aufs Küssen nicht mehr bis in die Wohnung geschafft haben), Charlotte hat ein tomatenrotes Gesicht, Nick hingegen ist kalkig weiß, als müsse er sich gleich übergeben. (Ich will ja niemanden zu Unrecht beschuldigen, aber könnte es nicht vielleicht daran liegen, dass Charlotte eine etwas merkwürdige Art zu küssen hat? Ich mein ja nur...)

Hallo!, sage ich ein zweites Mal, da keiner der Herrschaften es mal für nötig hält, den Mund aufzumachen. Und weil darauf immer noch keiner von beiden einen Piep von sich gibt, begehe ich einen Riesenfehler. „Leute, hier ist kussfreie Zone", raunze ich die beiden an und verschwinde in unserer Wohnung.

O.k., die Sache mit der kussfreien Zone ist an und für sich gar nicht mal schlimm, aber dass ich wie eine beleidigte (und wahrscheinlich auch noch neidische) Leberwurst geguckt habe, ist wirklich DESASTRÖS!

(Einschub: Das Wort „desaströs" habe ich von Lilli. Benutzt sie immer, wenn bei ihr Weltuntergang angesagt ist, also in etwa fünfmal die Stunde. Ich finde das Wort klasse. Alle Welt hält mich immer für wahnsinnig gebildet, wenn ich es in den Mund nehme...)

Weiter im Text: Die ganze Situation ist also mehr als desaströs. Charlotte und Nick sollen nämlich um Himmels Willen nicht denken, dass ich neidisch auf sie bin oder so und ihnen ihr Glück nicht gönne. Aber ich kann es nun mal auf den Tod nicht leiden, wenn meine (ehemals?) besten Freunde vor unserer Haustür rumknutschen.

Am frühen Abend hat Charlotte dann bei mir angerufen und so getan, als ob überhaupt nichts weiter vorgefallen wäre. Über ihre berufliche Zukunft wollte sie mit mir reden. Dass sie entweder Video-

jockey bei MTV werden wolle oder Bildungsministerin, weil sie dann die Grammatik auf höchstens zehn Regeln beschränken könne (Kein Wunder. Was Charlotte schreibt, ist immer nur Kraut und Rüben!).
Jaja..., Charlotte quasselt viel, wenn der Tag lang ist, und besonders, wenn sie ein schlechtes Gewissen hat. Wie ich sie kenne, wollte sie mit ihrem Anruf nur davon ablenken, dass vor wenigen Stunden in unserem Treppenhaus ziemlich unschöne, um nicht zu sagen ekelhafte Dinge passiert sind.
Der Charlotte-Monolog dauerte in etwa zehn Minuten, dann haben wir aufgelegt, ohne uns zu verabreden.

Das tut weh!!

PS. Habe mal zu Suse ganz laut das Wort „desaströs" gesagt, als Bio-Küster (♥♥♥♥♥) gerade vorbeiging. Der hat vielleicht Augen gemacht!

SONNTAG

Normalerweise habe ich mit Sonntagen nicht viel am Hut, aber der letzte war rundherum schön.

A) Zum Frühstück gab es echte italienische Brioche.

B) Zum Abendessen gab es Pasta nach sizilianischer Art. (Tomaten und Zwiebeln gebrutzelt, in die Pasta kommt außerdem Parmesan und Butter.)

C) Zur Nacht habe ich mir dann noch eine halbe Tafel Schokolade genehmigt. Wenn das so weitergeht, mache ich Mops bald nicht nur in Sachen Reckturnen Konkurrenz...

D) Die „HONOLULU-GIRLS" haben sich zum ersten Mal getroffen. Mops hatte sturmfreie Bude, was für so ein berufliches Meeting natürlich Voraussetzung ist. (Keine Mütter, Väter oder sonstige Verwandte, die alle Naslang mit Plätzchen und Tee ins Zimmer platzen.)
Ich bin ein bisschen früher gekommen, weil ich mich

noch mit Mops absprechen wollte. Was zum Beispiel, wenn uns die beiden Band-Anwärterinnen nicht zusagen sollten? Immerhin ist die Keyboard-Tussi (Johanna) eine Freundin von Mops Schwester, da weiß man ja nie. Und die Trulla mit dem Bass (Emmy) ist wiederum eine Freundin von der Freundin der Schwester...
Wie auch immer – Mops und ich waren uns jedenfalls ganz schnell einig: Wir beide sind die Chefinnen der Band, zu gleichen Teilen entscheidungsbefugt, aber auch mit Veto-Recht, falls wir bei dem einen oder anderen Band-Mitglied Bedenken haben sollten.
Schon eine Viertelstunde später tauchten die beiden Mädchen auf, aber eigentlich gab es nichts zu meckern: Auf den ersten Blick sind beide ganz nett.
Bin hundemüde. Muss dringend ins Bett. Schreibe vielleicht morgen früh vor der Schule weiter.

6. März, vor der Schule:

Bin immer noch hundemüde, aber was soll's. Will noch schnell von unserer ersten Bandbesprechnung berichten.

Kurzfassung:

1. Wir werden voraussichtlich einmal die Woche proben. (Zweimal schaffen wir nicht, weil Emmy und Johanna schon so oft beim Ballett, Inlineskating, Tischtennis, Nasebohren etc. sind.) Keine Ahnung, ob ich das so gut finde. Ich mein, wenn wir die Jahrtausend-Band werden wollen... (?)
2. Mops ist unsere Sängerin, Emmy wird von Zeit zu Zeit Background singen. (aber keine Soloauftritte!)
3. Alle sind damit einverstanden, dass wir nicht nur Mops' Songs proben, sondern auch gemeinsam ein paar Stücke schreiben.

4.

Große Frage I Wo werden wir proben? Wir brauchen unbedingt einen Proberaum! Problem muss noch geklärt werden.

Große Frage II Wie wird unsere Stilrichtung sein? (Hip-Hop? Indie? Drum&Bass? Latin? R&B? Schlager?) Nur Kein Techno – darüber sind wir uns einig.

PS. Emmy ist schon fünfzehn und sieht mit ihren roten Wallehaaren und ihren lila angemalten Lippen wie ein Filmstar aus. Johanna ist vierzehn, schaut aber viel jünger aus. (Blass, blond, ein bisschen langweilig...). Auf ihrem Keyboard soll sie allerdings genial sein.

PPS. Ich bin auch blass und blond. Hoffentlich sehe ich nicht total langweilig aus...

PPPS.
Wahrscheinlich, eventuell, vielleicht geht's Mitte Mai auf Klassenfahrt. Juhu!

6. März, nach der Schule

Anton läuft immer noch mit seiner blonden, blöden Blondhaar-Tussi rum. Insgeheim hatte ich ja gehofft, das würde sich von alleine erledigen, aber bei denen scheint tatsächlich so was wie die große Liebe ausgebrochen zu sein. Egal, wo man in der Schule auch hingeht (Fahrradständer, Pausenhof, tote Ecke beim Physikraum, Gang zur Hausmeisterloge u.ä.) – überall lauern einem Anton und Blondi-Anhang knutschenderweise auf. Ich hab sowieso das Gefühl, die ganze Welt um mich herum knutscht. Charlotte mit Fragezeichen-Nick, Sophia mit ihrem Dauerfreund Klaus, selbst Mama und Papa fangen neuerdings wieder mit der Küsserei an. Keine Ahnung, was in die gefahren ist!

Können sich die Leute nicht mal ein bisschen zusammenreißen? Ich meine, es ist doch widerlich, sich überall diese aneinandergedockten Pärchen angucken zu müssen! Eine Zumutung! Zum Glück knutschen sich wenigstens die Lehrer nicht vor einem ab. Aber vielleicht infizieren sie sich auch bald mit dem Virus, und dann bespeichelt sich Bioküster (♥♥♥♥♥!!!!!) plötzlich mit der blöden Englisch-Sabi (zehnfaches Minus-♡). Das wäre desaströs.

PS. Aber wahrscheinlich würde Bio-Küster sowieso nicht mit der Englisch-Sabi knutschen, weil sie zum einen blöd ist und zum anderen schwanger. (Sie ist mittlerweile ganz schön mordsmäßig dick.) Frage mich nur, wer sich überhaupt getraut hat, dieser Kuh von Lehrerin ein Baby zu machen? Weitere Frage: Ist die Sabi nicht eigentlich schon viel zu alt zum Kinderkriegen?

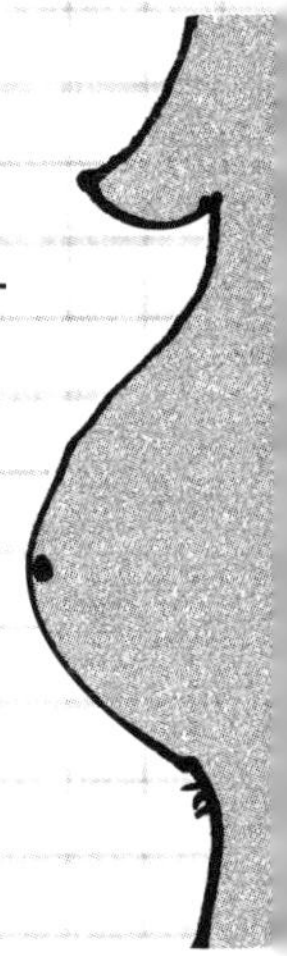

Acht Uhr abends:

Sophia war ihrem Klausimausi-Freund zum Abendessen da. Papa hat Lasagne gemacht, wovon Klaus drei Portionen gegessen hat. Vielleicht nur aus Höflichkeit. Denn dass er scharf drauf ist, mit Sophia ein paar Kinderlein (zehn? zwölf?) anzusetzen, sieht man auch noch mit Sonnenbrille im Dunkeln. Hilfe! Ich will noch nicht Tante werden! Vielleicht spekuliert er aber auch nur auf Papas Erbe. (REINGEFALLEN, Schwager! Mehr als ein paar leckere Pasta- und Pizzarezepte sind da kaum drin.)
Wie der Abend ansonsten war:

1) Klaus war mal wieder von Kopf bis Fuß schwarz angezogen. Papa hat ihn daraufhin gefragt, ob irgendjemand in seiner Familie gestorben sei. Sophia war das total peinlich. Sie meinte mit hochroter Birne, Klaus' Outfit wäre doch cool. (Natürlich hat sie nicht das Wort „cool" gesagt, so ein Teenie-Wort nimmt sie nicht in den Mund,

aber so was ähnliches. Bärenstark? Nee... Geil? (Nee, so etwas sagt sie auch nicht.) Toll. Ja, o.k., vielleicht hat sie toll gesagt.

Übrigens: Seit sie Klaus kennt, trägt Sophia auch nicht mehr ihre Langweilerjeans mit roten Pullovern. Nach und nach steigt sie ebenfalls auf schwarz um. (Ist das vielleicht originell, seinen Freund nachzuäffen?)

2) Lilli hat versucht, Klaus anzuflirten, indem sie so ein albernes Dauergrinsen aufgelegt hat. (Keine Ahnung, wieso. Ob sie zur Zeit ausnahmsweise mal keinen Lover hat? Was ist mit dem Glatzkopf, mit dem sie zuletzt was am Laufen hatte?) Das ist ihr aber nicht gelungen, weil Klaus eher mich angeflirtet hat. (von wegen Dauergrinsen...) Und das, obwohl ich so dünne, blonde Fusselhaare habe und wahrscheinlich total langweilig aussehe! (Ich hoffe, du sagst es nicht weiter, liebe Nachwelt, aber mir gefällt Klaus richtig gut. Obwohl er schon so alt und quasi mein Schwager ist. Aber wann begegnet man schon mal einem Jungen/Mann, der **a) nett ist, b) lustig, c) kleine Schwestern ernst nimmt und d) auch noch schöne Augen hat?**

3) Mama hat versucht, Klaus in ein Gespräch über ihre drei Imbissbuden zu verwickeln. Vielleicht wollte sie ihn ein bisschen antesten. (Ob er sich vorstellen könne, ins Würstchengeschäft einzusteigen, auch wenn ihm Altenpfleger-Job Spaß macht oder so...) Sie hat es zwar nicht so direkt ausgesprochen, aber ihrem verkniffenen Blick nach zu urteilen, wollte sie nicht nur nett parlieren.

PARLIEREN heißt sprechen, sich unterhalten.
Habe ich mal bei Lilli aufgeschnappt.
Ich finde das Wort genial.
Fast genauso gut wie DESASTRÖS.
Könnte auch damit vor Bio-Küster angeben.
PAR - LIE - REN!

4) Sophia fährt mit ihrem Klausimausi auf die Isola del Giglio zu Oma Anna und Opa Paolo. Die haben's gut! Wir fliegen erst in den Sommerferien hin, und dann ist es wieder so knallheiß, dass man sich kaum rühren kann und einem den ganzen Tag der Schweiß nur so runterläuft.
5) Beim Abschied hat mir nicht nur Sophia ein Küsschen gegeben, sondern auch Klaus.

BOH!

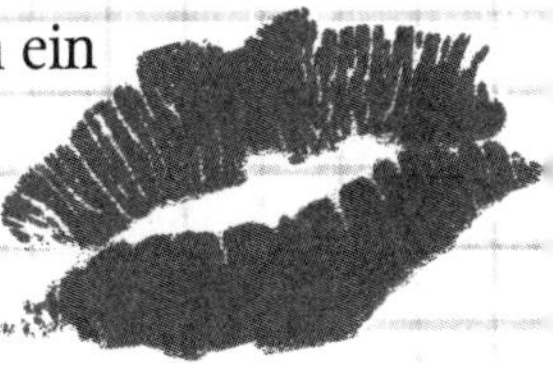

PS. Klaus hat Papas Lasagne übrigens nicht nur aus Höflichkeit gegessen. Kann gar nicht sein. Weil Papas Lasagne immer supersensationell schmeckt!

7. März

Heute in der großen Pause ist etwas Merkwürdiges passiert. Hassspute Carmen kam bei mir angedackelt (mit Stinkekaugummi im Mund) und wollte mir ein Gespräch aufzwingen. (**HASSPUTE** deshalb, weil Carmen das hübscheste, bei den Jungs erfolgreichste, aber auch eingebildetste Mädchen in meiner Klasse ist. Einfach grässlich!) Das ist in meiner ganzen Schullaufbahn vielleicht anderhalb Mal vorgekommen und kann nur bedeuten...
A) dass sie sich tödlich langweilt.
B) dass sie etwas von mir will. (Aber was?)
C) dass sie mich davon abhalten will, mit einem Jungen zu reden, mit dem sie lieber reden möchte (Obwohl das eigentlich keinen Sinn macht. Alle Jungs sind nämlich bei Carmens Anblick schlag-artig dermaßen verblödet, dass sie niemals auf die Idee kämen, sich lieber mit mir zu unterhalten).
D) dass sie tratschen will und kein anderes Opfer gefunden hat.

Ich tippe auf D). Warum sonst hat sie mir die völlig uninteressante Geschichte von einem Mädchen namens Kiki erzählt, das mitten im Schuljahr in unsere Parallelklasse einsteigt, weil seine Eltern die Städte wie die Unterhosen wechseln. (Liegt an der Mutter, die angeblich Schauspielerin ist und mal hier, mal dort ein Engagement hat.) Am spannendsten fand ich noch, dass der Vater dieser Kiki mit seinen 43 Jahren immer noch heftiger Sweet-Fan ist, tagtäglich in goldenen Glitter-Flitter-Klamotten herumläuft und seine blonden Haaren bis zum Po hat wachsen lassen.

Wenn ich mir vorstelle, Papa würde sich so zurechtmachen!

Ziemlich gruselig!

PS. Für die Nachwelt: „Sweet" ist eine berühmte Rock-Gruppe aus den 70-er Jahren. Sagt Hassputе Carmen.

Später:

Charlotte hat angerufen und über Nick abgelästert. Nicht nur dass er so schrecklich pingelig wäre (Wehe, Charlotte lässt ihre Rotzfahne irgendwo rumliegen!) und immer noch beim Küssen speicheln würde (Im Treppenhaus hat es ihr ja offenbar nicht groß was ausgemacht!), nein, manchmal würde er anfallsartig Kinokartenverkäufer, Mütter und kaputte Fahrradlampen anschreien.

Nick und rumschreien?

Das kann ich mir nur beim besten Willen nicht vorstellen! Nick hat den artigsten Hundeblick der Welt! Vielleicht hat Charlotte das alles nur geträumt.

Noch später:

H i l f e ! !

Jetzt hat auch noch Manu angerufen! Ich wollte nicht, dass mein Herz viel zu laut und viel zu schnell schlägt, aber es hat sich einfach nicht drum geschert.

Bum-bum-bum-bum...

Peinlich!!

Ich wette, Manu hat das durch den Hörer mitbekommen. Anfangs hat er derart rumgestottert, dass ich kaum ein Wort verstehen konnte. Wahrscheinlich hat sein Herz auch verrückt gespielt. Wir haben uns also eine Weile angestottert, und dann hat Manu mich gefragt, was mit dem Aquarium wäre.

O.k., hab ich geantwortet, aber erst am Wochenende. Jetzt bin ich also mit Manu fürs Aquarium verabredet und weiß gar nicht, was ich davon halten soll.

PS. Nicht dass Manu sich Hoffnungen macht! Das wäre DESASTRÖS!

PPS. Manu ist nämlich wirklich nicht der Typ Junge, in den man sich verliebt. O.k., vielleicht war es gemein, ihn für meinen ersten Kuss zu benutzen. Schließlich hätte ich ja noch schnell einen Rückzieher machen können, als er mit seinem Mund näher kam, andererseits ging alles so schnell, dass...

Ach, ich weiß auch nicht... Sind doch alles faule Ausreden.

8. März, im Kunstunterricht

Muss heimlich unter dem Tisch schreiben, damit die Deny nichts merkt. Stop. Hab keinen Lust auf die Collage. Stop. Das ist ein schlechtes Zeichen. Stop. Weil mir Kunst sonst immer Spaß macht. Stop. Und die Deny eine klasse Lehrerin ist. Stop. Denke an mein Date mit Manu. Stop.

Hab keine Lust drauf. Stop. Immer weniger. Stop. Weil ich nix von Manu will. Stop. Und jetzt fällt mir keine Ausrede ein. Stop. Bin irgendwie deprimiert. Stop. Ob ich meine Tage kriege? Stop. Ich gäbe jetzt einiges drum einfach nur im Bett zu liegen und zu...

Später in der Pause:

Konnte vorhin nicht zu Ende schreiben, weil die Deny immer näher kam. Muss ja nicht sein, dass sie mein Tagebuch einkassiert.

Später zu Hause:

Weißt du, was vorhin im Bus passiert ist, liebe Nachwelt? Setzt sich so ein Mädchen neben mich (schwarze Fusselhaare (sehr sympathisch!), blaue Augen, Sommersprossen, schätzungsweise vierzehn oder fünfzehn) und quascht mich an, ob ich nicht in Carmens Klasse gehen würde.
Fast hätte ich sie gefragt, ob sie zufällig Hassspute Carmen meint, aber ich konnte mir's gerade noch verkneifen.
Also – was stellt sich dann nach einigem Hin und Her raus? Das Mädchen mit den Fusselhaaren ist Kiki.
BESAGTE KIKI! Deren Vater Glitter- und Flitterklamotten trägt und po-lange Haare hat...
Und der Oberwitz an der Sache ist, dass Kiki nur eine Straße weiter wohnt, also quasi bei mir um die Ecke. Ich hätte sie ja gerne gefragt, ob ich mir mal ihren Vater ansehen dürfe, hab's mir dann aber doch verkniffen. Gehört sich wohl nicht, oder?
Jedenfalls... was soll ich sagen..., ich fand diese Kiki auf Anhieb ziemlich nett, und auch, wenn ich schon drei Lieblingsfreundinnen habe – vielleicht kann ich mich ja auch mal mit ihr treffen.
Statt mit Manu.

O.K., o.K.. War ja nur so eine Idee!

PPS. Mir ist gerade aufgegangen, dass ich in Bezug auf Manu nicht nur gemein sondern geradezu doppeltgemein bin. Tatsache ist nämlich: Eigentlich finde ich ihn schon ganz nett, aber, aber aber.... er ist einfach nicht der Junge, mit dem man als Mädchen gerne gesehen werden möchte. So – jetzt ist es raus. Klar ist es eine miese Einstellung, aber...

Schreibe jetzt besser nicht weiter. Kommen ja doch nur wieder haufenweise Ausreden dabei raus.

9. März, in meinem öden, schnöden Bett

Schon wieder Kiki gesehen. Allerdings nur von weitem. Dafür, dass sie angeblich einen Vater in Glitter- und Flitterklamotten hat, ist sie allerdings immer ziemlich brav angezogen.

Das heißt:

A) eher weite als enge Pullis.
B) eher Jeans als Workerhosen
C) eher nicht gepierct als gepierct
D) eher keine Röcke als Röcke

C) ist natürlich Blödsinn. Schließlich bin ich auch nicht gepierct. Andererseits habe ich auch keinen schriller Sweet-Fan mit po-langen Haaren zum Vater...

PS. Lilli war heute so nett zu mir, dass ihr schon fast überall der Schleim rauskam. Sie hat mir ein paar abgelegte Klamotten geschenkt, außerdem zwei ausrangierte Schokoriegel. (weil sie angeblich abnehmen will)

PPS: Große Preisfrage:
Warum will meine Schwester, die Superschlanke, überhaupt abnehmen? Wenn dahinter mal kein neuer Typ steckt...

10. März

Bestandsaufnahme:

1. Meine Freundin Charlotte hat kaum noch Zeit für mich. Wegen Nick. Das tut weh. Früher sind wir mindestens 1 x die Woche am Tauentzien bummeln gegangen. Wir haben uns Jungs ausgeguckt, ihnen Noten gegeben und über sie gegackert... Blöde Charlotte. Habe überhaupt keine Lust, an eine Persons namens Charlotte auch nur einen Gedanken zu verschwenden!
2. Mama und Papa kriegt man auch so gut wie nie zu Gesicht. Außer abends nach neun und sonntags.... Moment... zwischen zehn und halb elf. Das tut weh. Früher haben sie nicht so viel gearbeitet. Als sie „nur" zwei Imbisse hatten. Jetzt, nachdem noch ein dritter hinzugekommen ist, sind sie rund um die Uhr am Schuften, Organisieren und Angestellte-Quälen (?). Dass Papa sich so gut wie nie blicken lässt, ist ja nichts Neues, aber nun auch noch Mama...? „Ich muss dringend Büroarbeit erledigen", ist in letzter Zeit zu einem ihrer Lieblingssätze geworden.
3. Suse hat mit Handball aufgehört und spielt jetzt mit einer gewissen Henni Badminton. Ungefähr tausendmal die Woche. Das tut weh. (Liebe Nachwelt, du siehst, „früher" waren es auch harte Zeiten.)
4. Sophia lädt mich in letzter Zeit nicht mehr so oft zu sich nach Hause ein. Wahrscheinlich, weil sie in jeder freier Minute mit ihrem netten Klaus Kindermachen üben muss. Das tut auch weh. Früher konnte ich mich jeden Tag fünf- bis zehnmal bei ihr ausheulen.
5. Schule ist anstrengend. Je älter man wird, desto öfter faseln die Lehrer etwas von gutem Notendurchschnitt im Abitur. Kann ich vielleicht erst mal in Ruhe die Mit-

telstufe abschließen, bevor das – immer noch drei Jahre zu früh – ein Thema wird?

5. Einziger Lichtblick am Horizont: Die „HONOLULU-GIRLS"! Zwar ist außer meinem einsamen Vor-Mich-Hin-Gedaddel am Schlagzeug noch nicht groß was passiert, aber in meiner Fantasie geben wir schon Konzerte in der „Maria am Ostbahnhof".

6. Noch ein Lichtblick am Horizont: Jungs sind mir zur Zeit so was von piepegal!! (Das spart eine ganze Menge Stress!)

PS. Morgen gehe ich mit Manu ins Aquarium. Worauf hab ich mich da bloß eingelassen???? Hilfe!

PPS. Manchmal ertappe ich mich dabei, dass mir Jungs doch nicht so piepegal sind. Zum Beispiel, wenn mir einfällt, wie klasse Mittelstufensprecher Anton aussieht... Aber dann pole ich mein Gehirn schnell wieder um und schon bedeuten mir Jungs nicht mehr als ein Mitesser auf meiner Nase.

11. März

Eben ist etwas absolut Wahnsinniges passiert! Ich gehe in die Markthalle, um fürs Wochenende Vollkornbaguette, Käse, Tofu, Crunchy-Müsli, Bananen, Milch und noch mehr gesundes Zeugs zu kaufen (Anweisung von Mama), und wen renne ich da fast über den Haufen? Kiki! Das Mädchen mit den schwarzen Fusselhaaren und den blauen Augen! Als würden wir uns schon ewig lange kennen, sind wir beide stehengeblieben und haben darüber gequatscht, wie nervig es ist, die Wochendeinkäufe für alle mehr oder weniger durchgeknallten Familienmitglieder zu tätigen. Kiki hatte so eine Basttasche dabei (Kennst du vielleicht, liebe Nachwelt. Die rauht immer sämtliche Pullover an der Seite auf, bis sie ganz hässlich fusselig aussehen), und ohne dass ich sie danach gefragt hätte, hat sie mir den Inhalt ihrer Tasche gezeigt und dabei über den Fraß abgelästert, den ihre Dinos so in sich reinstopfen.

Also ehrlich…, ich dachte ich spinne! Nur leckeres Zeug hatte Kiki eingekauft! Gummibärchen, Kekse, helles Baguette, massenhaft Chips, Würstchen, panierte Calamaris und so weiter und so fort…

Jedenfalls musste ich ganz schrecklich lachen, und nachdem Kiki auch meinen in vergilbten Ökobeutel reingucken durfte, haben wir spontan beschlossen, unsere Familien zu tauschen.

Auch wenn das natürlich nicht geht, ist es eigentlich eine ziemlich nette Idee. Diesen Glitterman, der gesundes Essen offenbar nicht ausstehen kann, mal ein paar Tage als zu Vater zu haben, wäre doch lustig…

Wie es weiterging? Noch viel wahnsinniger als wahnsinnig. Kiki hat mich nämlich gefragt, ob ich nicht Lust hätte, heute abend mit auf eine Party von einem ihrer Klassenkameraden zu kommen.

Natürlich habe ich Lust!

PS. Aber wie hänge ich Manu nach dem Aquarium ab? Und ob Mama und Papa mir die Sache mit der Party überhaupt erlauben werden???

Nachmittags:

Bin so aufgeregt, als hätte ich siebzig Tassen Kaffee auf einmal getrunken!

So ist der Stand der Dinge:

~~– Mama und Papa sind einverstanden, dass ich mit~~

– Mama und Papa sind einverstanden, dass ich mit Kiki auf die Party gehe, allerdings bestehen sie darauf, mich Punkt elf abzuholen. Na o.k.... Kann man wohl nichts machen...
– Ich weiß immer noch nicht, was ich mit Manu anstellen soll. Am liebsten würde ich ihm absagen, aber um das zu tun, müsste ich lügen. Brechdurchfall, plötzliches Versagen meiner Stimme, plötzliches Versagen meiner Gliedmaßen... – da würde mir schon was einfallen. Aber leider Gottes haben Mama und Papa mir beigebracht, dass Lügen das Hinterletzte ist.
(Und damit haben sie wohl auch Recht.)

PS. Liebe Nachwelt, nicht dass du denkst, ich wäre eine Heilige. Also, ich lüge schon manchmal... Aber nur im absoluten Notfall.

Etwas später:

Gott, ist mir schlecht! Ich habe Manu angesponnen! Dass ich Durchfall hätte, hab ihm gesagt, und deshalb nicht mit ihm ins Aquarium gehen könne. Hoffentlich bestraft mich der liebe Gott jetzt nicht, indem er Manu auf dieselbe Party schickt. Das wäre zu und zu desaströs.

PS. Manu geht zum Glück nicht in Kikis Klasse.

PS. Ich hab unser Aquarium-Date nur um zwei Tage verschoben. Insofern war meine Lüge doch gar nicht so schlimm...

12. März, der Tag nach der Party

Bin hundemüde. Nicht etwa, weil ich so spät ins Bett gekommen wäre, sondern weil ich nicht einschlafen konnte. Mir ging so viel im Kopf rum...

Aber erst mal die Party in Kurzfassung:

0. Manu war nicht da. Zum Glück. Uff...

1. Die Party war nicht so berauschend, wie ich gehofft hatte. (Es wurde kaum getanzt.)

2. Keine interessanten Jungs im Angebot. Die meisten standen in Grüppchen zusammen und erzählten sich EXTRA laut irgendwelche langweiligen Snowboard-Geschichten. Aber da mir Jungs zur Zeit ja piepegal sind (siehe 10. März), war es auch wurscht. Hab mich dann mit Kiki zum Quatschen in ein Eckchen verzogen.

3. Kiki fand die Party auch nur „so lala", aber sie meinte, es habe irre viel Spaß gemacht, sich mit mir zu unterhalten.

4. ICH FAND ES AUCH TOLL MIT IHR!

5. Ein paar Infos zu Kiki:

5a) Sie ist ein Jahr minus ein Tag älter als ich, wird also am 21. Juni fünfzehn. Wahnsinn!

5b) Kiki hat/hatte in Bremen einen richtigen Freund (mit Petting und „fast allem", was so dazu gehört). Zwar ist nicht direkt Schluss mit ihm, aber Kiki meint, ihre Freundschaft würde auf die Entfernung wahrscheinlich nach und nach „auseiern". Kann schon sein. Kenne mich in solchen Dingen nicht besonders gut aus.

5c) Kikis Eltern wechseln die Städte gar nicht wie Unterhosen. Zuvor hat die Familie drei Jahre in Bremen gelebt, aber als Theaterschauspielerin hat Kikis Mutter mehr Möglichkeiten in Berlin.

5d) Kikis Vater ist nicht nur Sweetfan, sondern auch noch gelernter Tischler. Er arbeitet aber in keinem Betrieb oder so, sondern stellt nur schöne Einzelstücke her, die er unter der Hand verkauft.

5e) Was ich an Kiki mag:

– sie ist nicht die Art von Mädchen, die dich links liegen lässt, sobald ein Junge seine Nase in den Raum steckt
– sie mag genauso gerne Spaghetti und Würstchen wie ich
– sie sieht nicht so perfekt aus wie Hasspute Carmen
– sie ist lustig und in der Schule keine Streberin
– sie sammelt Tierfilmkassetten (will später mal Biologie studieren, und Tierverhalten erforschen oder so)
– sie guckt manchmal ziemlich geheimnisvoll in der Gegend rum
– sie ist nicht ständig von tausend anderen Mädchen umlagert
– sie traut sich Jungs einfach die Meinung zu sagen

Warum ich nicht einschlafen konnte? Weil ich nach dem schönen Abend mit Kiki irgendwie das dumme Gefühl hatte, Mops, Charlotte und Suse BETROGEN zu haben. Weil ich Kiki so unglaublich nett finde und nicht eine Sekunde lang an meine Stammfreundinnen gedacht hatte...
Andererseits... Charlotte und Suse haben es eigentlich auch nicht anders verdient.

PS. Wie es mit Kiki und mir weitergehen wird? Großes ?

PPS. Ich weiß nur eins: Und zwar dass ich mehr Lust habe, etwas mit Kiki zu unternehmen als mit Manu. Trotzdem: Die Sache mit dem Aquarium muss ich durchziehen. Es wäre gemein, Manu noch einmal zu versetzen. Wo er mir doch meinen ersten und eigentlich ganz anständigen Kuss verpasst hat!

13. März

Für den Rest des Schuljahres sind wir die Sabi los! Weil nämlich heute ihr Mutterschaftsurlaub – so heißt das, glaub ich – beginnt. Unsere ganze Klasse hat gejubelt, und als die Vertretretung, Frau Möller-Kosemann, reinkam, hat zumindest auch noch der männliche Teil unserer Klasse gejubelt.

Yippie!

Frau Möller-Kosemanns Name ist zwar eher seltsam bis beknackt, aber für eine Lehrerin sieht die Frau scharf aus. Ja, richtig unglaublich scharf! Ihre Beine sind cirka zwei Meter lang, und weil sie so eine scharfe Tussi ist, trägt sie einen unglaublich minihaften Minirock. Also, ich find ihr Outfit zwar eher nuttig, aber mich fragt ja keiner...

Egal. Jedenfalls war die Stunde ziemlich prima. Wir haben nämlich nicht stur Grammatikübungen aus dem Übungsheft durchgezogen (das macht die Sabi ständig!), sondern wie wild Wollknäule durch die Gegend geworfen und unsere Mitschüler nach Verbformen abgefragt, die wir uns ausdenken durften. WIR! Nicht die Möller-Kosemann! Normalerweise finde ich alles, was mit Grammatik zu hat, schrecklich, aber heute hat's einfach nur Spaß gemacht. Da kann die Möller-Kosemann von mir aus so nuttella-nuttig rumlaufen wie sie will...

Oh, es gibt Essen...

Später:

Wird Zeit, dass Papa wieder öfter Pasta kocht. Das Vollwert-Zeugs von Mama ist wirklich nur schwer zu ertragen. Heute gab es ALLES in Vollkorn. Suppe mit Vollkornnudeln und Gemüse, dazu Vollkornbaguette. Hätte nur noch gefehlt, dass es zum Nachtisch einen Vollkornpudding gegeben hätte! Mir kommt dieses Körnerzeug schon zu den Ohren raus, aber wenn ich Mama darauf hinweise, dass sie die ganze Stadt mit ungesunden NICHT-Vollkornwürstchen überschwemmt, lacht sie nur.

PS. Gerade ist mir eingefallen, wie ich Mama in Sachen Mittagessen austricksen könnte. Vielleicht sollte ich einfach behaupten, dass mir das Essen mittags so schwer im Magen liegt und ich dann Schwierigkeiten habe, mich auf meine Hausaufgaben zu konzentrieren. Deshalb der Vorschlag, ob man nicht gemeinsam abends warm essen könne. (Haha! Das ist wirklich Trick siebzehn! Soweit ich mich erinnern kann (ungefähr seit meinem sechsten Lebensjahr) kocht abends ausschließlich Papa!)
Muss los! Heute ist BANDBESPRECHUNG bei Mops!

Noch schnell ein PPS. Darf man seine Lehrerin eigentlich als scharfe Tussi und nutella-nuttig bezeichnen?
Hm...
Aber wenn's nun mal so ist!

Mit Tagebuchnotizheft abends im Bett:

Tja... Irgendwie war das eine ziemliche Kuddelmuddelbesprechung. Mops, Emmy und ich haben in einer Tour durcheinander geredet, aber keine von uns hatte in Sachen Proberaum einen vernünftigen Vorschlag. Am schlimmsten war Emmy. Ich sag nur: Die hat ein Selbstbewußtsein! Quasselt laut und viel und meistens Blödsinn. Sie meinte doch allen Ernstes, wir sollten im Musikraum unserer Schule proben. Als ob der Direx das erlauben würde! Johnna hat die ganze Zeit über so gut wie gar keinen Pieps von sich gegeben. (komisch). Und weil wir so überhaupt keinen Schimmer hatten, wo wir uns *kunstmäßig* auslassen können, haben abgemacht, dass wir erst mal bei uns zu Hause in Sophias ehemaligem Zimmer proben. Wahrscheinlich bekommen wir zwar schrecklichen Ärger mit Eltern, Geschwistern, Nachbarn und sonstigen Menschen jenseits der fünfzehn, aber was soll's. Vielleicht finden wir ja auch noch irgendeinen netten MÄZEN.

AN-GEBERWÖRTER

MÄZEN
DESASTRÖS
PARLIEREN

(Noch ein Angeberwort für Biokűster! Habe ich nach DESASTRÖS und PARLIEREN ebenfalls bei Lilli aufgeschnappt. Hey! Lilli ist ja eine richtige Fundgrube für Angeber-Wörter! (Dafür bin ich ihr echt dankbar.) Ein Mäzen ist jedenfalls ein Typ, der irgendwelchen mittellosen Künstlern, sprich den „HONOLULU-GIRLS", Geld spendiert.

PS.
Mama und Papa sag ich, dass wir nur ein einziges Mal bei uns proben werden. Besser nicht gleich mit der Tür ins Haus fallen ...

14. März, abends im Bett

Gott, ist mir schlecht! Ganz furchtbar mordsmäßig schlecht! Wieso hab ich eigentlich...? Wie konnte ich nur...? Musste das denn wirklich sein...?
Dabei fing der Tag doch wirklich ganz passabel an! Ich hatte ein nettes Klogespräch mit Kiki, das von Charlotte mit zirka 50.000 bösen Blicken unterbrochen wurde (Was glaubt die eigentlich, wer sie ist?), und in der dritten Stunde kam mein Glamour-Auftritt beim Freudenspender. Nicht dass ich von Natur aus eine Leuchte in Deutsch bin, eigentlich gar nicht, aber heute... Keine Ahnung, welches außerirdische Genie mich über Nacht befruchtet hat, jedenfalls habe ich die genialste Gedichtinterpretation aller Zeiten hingelegt. Einfach

so aus dem Ärmel geschüttelt. (Gedicht von Goethe. Es heißt Auf dem See.) Freudenspender war baff, ich selbst war auch baff und die ganze Klasse ebenfalls. Danach war mein Gehirn allerdings dermaßen leergefegt, dass ich in meiner Liebling-stunde Bio nur noch Stuss von mir gegeben habe, woraufhin Bio-Küster (♥♥♥♥♥) ganz blöd die Stirn gerunzelt hat.

Noch nie zuvor hat Bio-Küster die Stirn gerunzelt, wenn ich etwas gesagt habe!

Du siehst, liebe Nachwelt – das Leben ist grausam.

Ich glaube, das mit meiner genialen Gedichtinterpretation war sowieso nur ein Ausrutscher. (Was vielleicht aber auch nur gut ist. Als Hochbegabte müsste ich bestimmt die Schule wechseln. So kann ich einfach bleiben, wo ich bin und mich noch enger mit Kiki anfreunden.)

Jetzt zum eigentlich schrecklichen Teil des Tages. Manu und ich im Aquarium. Das Drama ging schon damit los, dass ich wie ein Wasserfall gequasselt habe. (Wahrscheinlich nur, um davon abzulenken, dass dieser eine Kuss zwischen uns stattgefunden hat...) So bei Tageslicht und von Angesicht zu Angesicht mit den Glotz-Fischen konnte ich mir überhaupt nicht mehr vorstellen, Manu tatsächlich mal geküsst zu haben. Und weil mir das alles so schrecklich peinlich war, bin ich wie eine Irre durchs Aquarium gehetzt, Manu im Sauseschritt hinter mir her, und das war wirklich jammerschade, weil es im Aquarium ganz großartige Fische zu sehen gibt (große, kleine, gigantische, in allen Farben schillernde), die ja nicht alle Tage an einem vorbeischwimmen.

Cirka eine halbe Stunde später waren wir schon wieder draußen. O.k., dachte ich mir, immerhin hast du die Aquarium-Verabredung hinter dich gebracht und jeder geht jetzt seiner Wege, aber Pustekuchen. Manu wollte mich zum Eis einladen! (Du hast richtig gelesen, liebe Nachwelt!) Das war nun eigentlich mehr, als ich verkraften konnte,

aber weil ich so ein schwaches, wehrloses Persönchen bin (haha), hab ich nur gepiepst: „O.k., Manu. Gehen wir ein Eis essen.“ Und da wir uns gerade in Ku'damm-Nähe befanden, hat Manu mich in einen der gemeinsten Läden der Stadt geschleppt, eine Art Bierpalast, wo es drei Kugeln Eis mit Sahne für eine alptraumartige Summe gibt. Das war zwar nicht weiter tragisch, weil ich sowieso keinen Appetit auf Eis hatte, aber mit Manu bei einer Cola zu sitzen und nichts zu reden zu wissen, ist schlimmer als jeder Alptraum! Manu wusste auch nichts zu reden – er hat stattdessen seinen ganzen Strohhalm zerkaut und in einer Tour mit dem rechten Knie gehibbelt –, was zur Folge hatte, dass wir uns erst mal eine ganze Weile angeschwiegen haben.

Schweig...

Schweig...

Schweig...

Liebe Nachwelt, es war DESASTRÖS! In Momenten wie diesen werde ich nämlich aus lauter Unsicherheit zur schrecklichsten Quasselstrippe der Welt und erzähle alles, was mir in den Sinn kommt (Gedichtinterpretation, verrottetes Müsli im Küchenschrank, Klospülung, die nicht geht, Bioküsters Frisur, künstliche Fingernägel, Love Parade, wie Kopfhaut müffelt, wenn man sich anderthalb Wochen lang nicht die Haare wäscht, Waschpulvermarken und so weiter und so fort... Manu hat sich den ganzen Quark ohne mit der Wimper zu zucken angehört und nicht einmal eingehakt. Nach fünfzehn Minuten ging mir allerdings die Puste aus. (Ist ja wohl auch kein Wunder!) Zum Glück hatten wir unsere Colas ausgetrunken, sodass eigentlich kein Grund bestand, noch eine Minute länger in diesem ekelhaften Schuppen herumzuhängen. Manu hat brav bezahlt (Es lebe der Gentleman!) und dann sind wir Seite an Seite zur U-Bahn gedackelt. Dackel, dackel... Ich hab keinen Piep mehr gesagt

(War mir echt zu doof!), und Manu hat nur ab und zu einen Piep gesagt, während er die Straße entlangdackelte.

Beispiele für diese Pieps:

„Ganz schön viel los hier."

„Ähm..."
„Guck mal, die U-Bahn..."
„Oh..."
„Hmm..."
„Musst du noch Schularbeiten machen?"
„Mh – mh."

Mehr Pieps fallen mir nicht ein. Aber mehr hat Manu – glaub ich – auch gar nicht von sich gegeben.

(Liebe Nachwelt, langsam nähern wir uns dem Höhepunkt dieses furchtbaren Nachmittags.)

Also: Berliner Straße sind wir auf die U-7 umgestiegen. Bayerischer Platz, Eisenacher Straße, Kleistpark, Yorkstraße, Möckernbrücke, Mehringdamm, Gneisenaustraße... Schwups – ist Manu mit ausgestiegen, obwohl er eigentlich noch bis zum Südstern weiterfahren musste.

„Du bist falsch", sage ich zu ihm.
Er: „Nein, bin ich nicht."
Ich: „Klar bist du das."
Er: „Ich bringe dich noch nach Hause."
Ich: „Musst du nicht."
Er: „Weiß ich..."

Dagegen konnte ich schlecht was einwenden, obwohl ich eigentlich lieber nicht mit Manu gesehen werden wollte und mir nach dem Katastrophennachmittag ganz schrecklich der Sinn nach einem Wiener Würstchen an Schneiders Imbissbude stand (Dort esse ich immer heimlich, wenn ich keine Lust auf Mamas Vollwertzeug habe.). Also blieb mir nichts anderes übrig, als neben Manu und mit zusammengebissenen Zähnen nach Hause zu eiern.

Und dann und dann und dann... Ich mag es kaum hinschreiben, liebe Nachwelt, aber direkt vor unserer Haustür grabscht Manu plötzlich nach meinen Gesicht, zieht es zu sich heran und küsst mich auf den Mund. MIT ZUNGE! Und was mache ich blöde Kuh? Sage nicht, stop, Manu, so geht das aber nicht, ich will dich gar nicht küssen, nein, ich sage überhaupt nichts, sondern tue so, als wäre alles nur ein blödes Flaschendreh-Spiel, bei dem man ja nicht feige den Spielverderber raushängen lassen kann. Jedenfalls hab ich mir das die ganze Zeit über einzureden versucht und dabei zu allem Überfluss an all die Glotzfische im Aquarium denken müssen...

Nun komme ich zum bitteren Ende, liebe Nachwelt. Manu hört endlich auf, mich zu küssen, und als ob das noch nicht genug an Zärtlichkeiten wäre, streicht er mir über die Wange und faselt mit hochrotem Kopf etwas in der Art wie „...mag ähm dich..., ähm liebe dich ähhhhh...“. Dann war er zum Glück weg und mir wurde erst jetzt richtig klar, dass das eben überhaupt kein Flaschendrehen war, sondern bittere REALITÄT!

Mir bleibt nur eins: In den abgelegensten Winkel der Erde auswandern, um Kiwis anzubauen oder Schafe zu züchten.

PS. Vielleicht reicht ja auch irgendein Dorf in Oberbayern, um abzutauchen.

PPS. Wieso bringt dieser Komplettverliebte von Manu den ganzen Nachmittag lang keinen Ton raus, aber wenn's darum geht, mich zu bespeicheln, kennt er keine Hemmungen!?

Mitten in der Nacht:

Kann nicht schlafen. Bin am Ende. Manu glaubt doch jetzt bestimmt, wir sind ein Paar. (Dabei hab ich ihm schon neulich auf der Party gesagt habe, dass aus uns nichts wird...) O.k., er ist ja ein ganz netter Typ, aber ich möchte nun mal nicht seine Freundin sein!

Große Frage der Nacht: Warum in Gottes Namen küsse ich bloß einen (zurück), von dem ich gar nichts will????

15. März

Am liebsten wäre ich unsichtbar!

Aus lauter Angst, Manu über den Weg zu laufen, bin ich heute in den Pausen auf dem Klo abgetaucht. In der ersten großen Pause kam Charlotte rein und wollte wissen, was mit mir los ist.

Was mit mir los ist? Ein verwursteter Typ namens Manu hat mich ungefragt geküsst und ich hab nichts getan, um es zu verhindern! Das ist mit mir los! Charlotte hat mir den großartigen Tipp gegeben, Manu reinen Wein einzuschenken. Klasse! Wie oft soll ich das denn bitteschön noch tun?!

In der zweiten großen Pause kam Kiki rein und wollte ebenfalls wissen, was mit mir los ist. Auch ihr habe ich die Manu-Story erzählt. (Ist sie eigentlich schon so eine gute Freundin, dass ich ihr meine Jungsprobleme überhaupt anvertrauen kann?

Kiki hat mir vorgeschlagen, Manu einen Brief zu schreiben. Vielleicht kapiere er es dann.

Gar keine schlechte Idee...

Später zu Hause:

Habe Sophia angerufen und sie um Rat gefragt. Sie findet die Idee mit dem Brief gut. Warum rät mir bloß keiner, mich die nächsten Tage, Wochen, *Monate* einfach totzustellen, bis Manu von *alleine drauf kommt*, was Sache ist.

PS. Jaja, ich weiß... Ich bin total feige, aber ich mach mich nun mal nicht gerne zum Affen.

Abends:

Ich glaub, sie war ein bisschen beleidigt.

Eben habe ich geübt, nicht mehr feige zu sein und Mama gesagt, dass mir ihr Vollwertessen nicht so gut schmeckt.

„Kann ich auch nicht ändern", meinte sie nur mit ihrer Mama-Neutralstimme. „Aber neben dem ganzen Junk-Food, den du dir reinstopfst, können dir ein paar Vitamine und Mineralstoffe auch nicht schaden!"

Fazit meiner Mutprobe: Was bringt es schon, ehrlich zu sein?

Wahrscheinlich würde Manu einfach nur sagen: Mir doch egal. Neben den ganzen blöden Jungs, die dich so umgeben, kann dir ein toller Junge wie ich einer bin auch nicht schaden.

16. März, vor der Schule:

Ich muss was unternehmen! Wie lange soll ich mich noch heimlich durch die Schulgänge drücken und ganze Pausen in irgendwelchen Klos abhängen?

Nach dem Mittagessen:

Mama hat versucht, Pasta à la Papa zu machen, aber es ist ihr gründlich misslungen. Die Nudeln waren nicht al dente, außerdem schwammen sie in der Soße (Sollte das vielleicht Nudelsuppe sein und ich hab's bloß nicht begriffen?) Im Grunde fand ich es aber total nett von Mama, dass sie sich meine Beschwerde doch irgendwie zu Herzen genommen hat, also habe ich ihr gesagt, es würde ganz prima schmecken und auch Papa, der etwas später kam, hat ein paar Lobesworte ausgesprochen, mich dabei aber verschwörerisch angegrinst.
Soviel zu Mama und ihren unübertroffenen Kochkünsten.
Überleg, überleg, überleg...
Es ist beschlossen. Ich setze mich jetzt hin und schreibe Manu einen Brief. Ich weiß noch nicht genau, ob ich a) knallhart schreiben soll, dass Schluss ist (obwohl sowieso nie richtig was zwischen uns war) oder ihm b) vorschlagen soll, weiterhin einfach so befreundet zu bleiben. Bei der sanften Variante (b) besteht die Gefahr, dass Manu es wie neulich auf der Party nicht richtig kapiert und sich wieder Hoffnungen macht. Oh, Moment. Mama ruft mich...

Später. Sehr viel später...

Musste mich erst mal beruhigen. Jawohl, liebe Nachwelt, meinem Herz ging es gerade nicht besonders. Es hat gekaspert und Bocksprünge gemacht und mir sogar angedroht, mit dem regelmäßigen Schlagen aufzuhören. Das hatte folgenden Grund: Manu war am Telefon.
O.k., ich hätte das (Flaschendreh-)Spiel weiter mitspielen können, das heißt, so tun, als wäre ich ganz erpicht darauf, ihn noch tausend Mal zu küssen und so, mich damit aber im-

mer weiter in die Scheiße reingeritten. (Scheiße ist eins der Wörter, die ich laut Mama nicht in den Mund darf.) Aber da ich mir ja vorgenommen hatte, nicht mehr so feige zu sein, dachte ich, du hörst dir jetzt an, was Manu von dir will, und dann sagst du ihm, was Sache ist. Ganz einfach.

Leider ist so etwas nie ganz einfach – zumindest wenn bei einer der beteiligten Personen Gefühle im Spiel sind. Das ist wohl das, was ich an diesem Nachmittag gelernt habe.

O.k. – also das Telefonat: Ganz gegen seine sonstige Gewohnheit war Manu diesmal derjenige, der ohne Ende gequasselt hat. Vielleicht hatte er sich vorher aber auch alle möglichen Quasseleien zurechtgelegt, damit er nicht wieder so rumpiepsen würde, keine Ahnung, jedenfalls kam erst mal nur mehr oder weniger nichtssagendes Geblubber aus ihm raus, und als es mir zu doof wurde, hab ich ganz mutig gesagt, Manu, ich muss mit dir reden. Das war so eine Art Stichwort für ihn, denn wie auf Kommando fing er an, tausendundeinen Vorschlag zu machen, was wir alles unternehmen könnten. Von Kino über Inlineskating bis Hallenbad – nichts wurde ausgelassen (außer Peepshow).

Zwischendrin habe ich immer wieder versucht, mich ins Gespräch einzuschalten, aber Manu ließ mich einfach nicht zu Wort kommen. (Wahrscheinlich hatte er vor dem Telefonat siebzig Tassen Kaffee getrunken und konnte seinen Redeschwall einfach nicht abstellen...) Ungefähr nach 40 Stunden wurde es mir aber zu blöd, und ohne groß nachzudenken hab ich in den Hörer gebrüllt, dass es zwischen uns aus wäre.

Danach war Sendepause. Ich glaube, Manu brauchte erst mal eine Weile, um die Ansage zu verdauen. Leider

wurde diese Weile immer länger, sodass ich mich irgendwann verpflichtet fühlte, etwas zu sagen.
„Bist du noch da?", war das einzige, was mir einfiel, woraufhin irgend jemand am anderen Ende der Leitung auf einmal ganz schrecklich in den Hörer flennte. Schiete! Natürlich war dieser Jemand Manu. Noch nie in meinem Leben hatte ich es mit weinenden Jungs zu tun.

ES WAR SCHRECKLICH!
GRAUSAM!
WAS MACHT MAN NUR MIT WEINENDEN JUNGS?

Ich war so durcheinander, dass ich überhaupt nichts mehr wusste. (Außer dass Manu mir ziemlich Leid tat und ich mich wie ein Arschloch fühlte.)
Abendbrot. Schreibe später weiter.

Vorm Einschlafen:

Eigentlich gibt es auch nicht mehr viel zu dem Thema „Telefonat mit Manu" zu sagen. Er hat geweint, und ich hab ihm mit so einem Piepsstimmchen erklärt, dass ich ihn zwar sehr nett finden würde, aber nicht in ihn verliebt sei. Das entspricht der Wahrheit, und ist – denke ich – nicht gemein.

schlechtes Gewissen!

Kurz danach haben wir auch schon aufgelegt. Manu hat zum Schluß mit verschnupfter Stimme „Man sieht sich" gesagt, und das war's dann.
Ich glaube, er wird über mich hinwegkommen.
(Oder bin ich eine so tolle Person, dass man über mich einfach nicht hinwegkommt???)

17. März

Kann nichts schreiben. Bin psychisch fix und foxy.

18. März

Bin psychisch immer noch fix und foxy. Zum Glück sind bald Ferien.

19. März

Heute hatten wir unsere erste Bandprobe. *Und zwar, und zwar, und zwar...* es war spitze! Obwohl wir eher Katzenmusik als sonstwas zustande gebracht, aber wenn man ein Auge zudrückt, könnte es vielleicht trotzdem als Kunst durchgehen. Außerdem – und das ist wirklich großartig – haben wir endlich einen richtigen Proberaum! Und zwar und zwar und zwar... Addi Hering stellt uns einen alten, fast verrotteten Schuppen bei sich auf dem Grundstück zur Verfügung. (Er ist nämlich sehr interessiert daran, dass die „HONOLULU-GIRLS" ihren Beitrag zur Musikgeschichte leisten, und sein Freund hat auch nichts dagegen, dass wir in dem Schuppen rumlärmen.)

Wie es zustande kam: Als klar war, dass wir das erste Mal bei uns proben würden, hat Lilli damit gedroht auszuziehen. Also hat Papa kurzerhand Addi Hering angerufen und ihn gefragt, ob er nicht eine Idee hätte..., na ja, und dem ist dann eingefallen, dass sein Schuppen eigentlich seit ewigen Zeiten leer steht.

Die Sache hat nur zwei winzigkleine Nachteile:

1. Addi Hering wohnt in Berlin Mitte, sodass wir zu jeder Bandprobe ellenlang mit U- und Straßenbahn durch die Gegend kurven müssen. Das bedeutet auch, richtig coole Abendproben können wir uns abschminken. (Mama und Papa erlauben mir nicht, abends U-Bahn zu fahren.)
2. Der Probeschuppen hat keine Heizung. Also müssen wir uns alle immer mummeldick anziehen und hoffen, dass es bald Frühling wird.

PS. Die Probe hat mir geholfen, ein bisschen von der Manu-Sache runterzukommen. Immerhin war ich abgelenkt.

PPS: Also, ich weiß nicht... Ich glaub, ich bin doch kein Naturtalent. Kein richtiges jedenfalls. Zumindest spiele ich in unserer noch frischen Band am schlechtesten. So, jetzt ist es raus... Das mit der Katzenmusik haben die HONOLULU-GIRLS in erster Linie mir zu verdanken. Denn:

♪ Mops singt wie eine Göttin

♬ Emmy spielt absolut profihaft Bass

♪ Selbst die unscheinbare Johanna orgelt auf ihrem Keyboard rum, als hätte sie ihr Leben lang nichts anderes gemacht

Und ich?

Schweige besser über meine Fähigkeiten als Musikerin...

22. März

FERIEN!!!

Bestandsaufnahme:

a) Die letzten beiden Tage habe ich leider immer noch damit zugebracht, Manu aus dem Weg zu gehen. Einmal konnte ich einen Beinahe-Crash nicht mehr verhindern. Wir sind im Duett rot geworden, haben uns schüchtern angegrinst und alle beide mit Piepsstimmchen Hallo gesagt. Abgesehen davon, dass Manu ein paar frisch erblühte Pickel hatte, ist er ja doch ganz niedlich...

Ich wollte gerade raus aus der Schule, Manu rein

b) Nick und Charlotte möchten mit mir ins Kino. Ob ich das auch will...? Ich habe da so meine Zweifel!

c) Sophia und Klaus sind wieder aus Italien zurück. Muss superschön gewesen sein und Oma Anna hat jeden Tag gekocht.

YIPPIE!

d) Kiki und ich haben Telefonnummern ausgetauscht. Sie bleibt in den Ferien auch hier, und wir haben beschlossen, ganz viel zusammen zu unternehmen!

e) Nur Suse fährt mit ihren Eltern zum Skilaufen nach Österreich. Die Glückliche! (Wahrscheinlich haben ihre Eltern im Lotto gewonnen.)

f) Somit sind alle in den Ferien versorgt. Charlotte hat ihren Nick. Ich habe Kiki und die Band, und Mops hat mich und die Band. Faire Aufteilung. (Nur wen hat Manu...?)

PS. Eine Neuigkeit: Lilli wird demnächst wahrscheinlich tatsächlich ausziehen. Sie hat sich einen Job bei H&M gesucht (Dann gibt's vielleicht demnächst Prozente auf die Klamotten!???) und kann eventuell in irgendeiner Studenten-WG einziehen.

PPS. *So wie's aussieht, werde ich wie der Teufel auf meinem Schlagzeug üben müssen. Sonst kann ich mir meine Karriere als Musikerin abschminken.*

FERIENRITUALE

23. März

Fast den ganzen Tag verpennt. Gegen eins zwei Nutella-Brötchen im Bett gegessen. Dann wieder geschlafen. Später ein bisschen aufgeräumt. Gebadet (und Lillis tolles Schaumbad fast vollständig vernichtet). Geguckt, ob mein Busen größer geworden ist. (Ich habe den Eindruck ja – oder ist es nur eine optische Täuschung?). Mit Kiki telefoniert: Samstag steigt eine Party bei einem gewissen Georg. (Hoffe, ich darf gehen.) Am Nachmittag wieder zwei Nutella-Brötchen gegessen und mich aufs Sofa vor den Fernseher gelegt. Dann ein bisschen Schlagzeug geübt. Wieder zur besagten CD. (Mensch, ist das sauschwer. Hab ich mir da etwa zu viel zugetraut?) Später sind Mama und Papa mit ein paar Würstchen nach Hause gekommen. (Hab ich mir zum ersten Ferientag gewünscht.) Jetzt ist mein Vitaminstatus zwar bei null, aber ich bin happy!!

PS. Hab Kiki gefragt, warum sie eigentlich ständig auf Partys eingeladen wird, wo sie doch erst seit kurzem in Berlin ist. Das ergebe sich so, meinte Kiki. Irgendwelche Typen würden sie in der Schule oder beim Einkaufen anquatschen. Komisch. Mir passiert so was nie!

PPS: YIPPIE! Draußen wird es langsam grün!

24. März

Wir können doch nicht regelmäßig einmal die Woche proben, weil Emmy einen Ferienjob hat (Babysitten) und Johanna so grausam schlecht in der Schule ist, dass sie ganz viel Nachilfe nehmen muss. Ich würd's Mops gegenüber nie zugeben, aber ich bin fast froh darüber. Weil... weil... weil ich noch so sauschlecht Schlagzeug spiele (wie Johanna vermutlich in den meisten Fächern ist) und außerdem mehr Lust habe Kiki zu treffen.

25. März

Hatte eben die Ehre, im Treppenhaus über Nick zu stolpern. Wenn mich nicht alles täuscht, sah er verheult aus. Merkwürdig – in letzter Zeit scheinen sämtliche Jungs in meiner näheren Umgebung Heulkrämpfe zu kriegen. (Woran das wohl liegen mag?) Musste gleich Charlotte

anrufen und sie ausquetschen, aber sie meinte, Nick habe nur Heuschnupfen. Kommt mir spanisch vor, die Geschichte. Nick wohnt schon seit Urzeiten bei uns im Haus und hatte noch nie Heuschnupfen.
Detektivin Toni, bleib am Ball!

Später:

Uff. Mama hat sich endlich wegen der Party breitschlagen lassen. Werde diesmal zwar schon um halb elf abgeholt, aber immerhin – besser als nichts.

Vor der Party:

Ich habe die schrecklichsten Haare in ganz Berlin! Fusselig wie von einem altersschwachen Mob. Um überhaupt so etwas wie VOLUMEN in sie reinzukriegen, muss ich sie erst auftoupieren, sie dann mit Schaumfestiger bearbeiten, das Ganze trocknen lassen, noch einmal Korrektur-Toupieren und das Kunstwerk schließlich so lange mit Haarspray einnebeln, bis es hart wie Beton wird. Gut sehen meine Haare dann zwar immer noch nicht aus, aber mehr ist eben nicht aus ihnen rauszuholen.
War vorhin also gerade bei meiner Haarprozedur, als plötzlich Charlotte auf der Matte stand (Das ist nicht mehr vorgekommen, seit sie sich mit ihrem Nick bespeichelt.). Charlotte hat ganz schön blöd aus der Wäsche geguckt, als mich so mitten bei den Partyvorbereitungen gesehen hat. (Bisher kennt sie Kiki nur aus Hasspute Carmens Erzählungen, und die Party hatte ich mit keinem Sterbenswörtchen erwähnt...) Wie auch immer – ich denk, ich hör nicht richtig, als sie mir die Ohren volljault, dass sie unbedingt mit auf die Party gehen will.

„Und was ist mit Nick?“, frage ich.
Sie, zickig: „Muss man etwa immer alles zusammen machen?“
Ich, sanft: „Aber ich kann dich nicht einfach mitnehmen. Schließlich werde ich auch nur mitgenommen!“
Da fängt Charlotte an zu heulen, sie rennt aus dem Zimmer und während sie das tut, schreit sie, ich sei wirklich eine hundsmiserable Freundin.
Oh Gott!

PS: Detektivin Toni glaubt, dass zwischen Königin Charlotte und Fragezeichen-Nick etwas nicht stimmt.

27. März

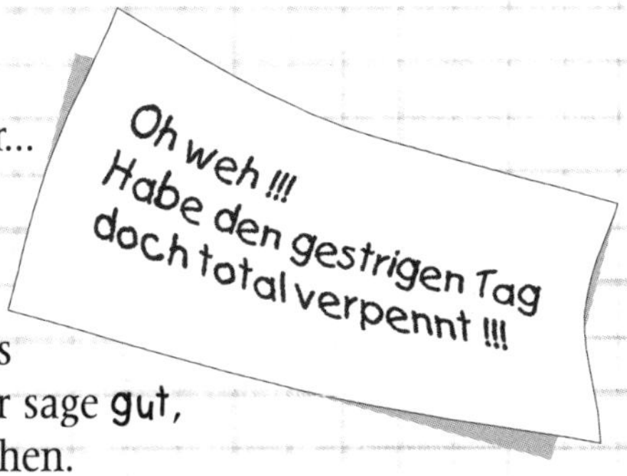

Die Party am Samstag war...
Ja, wie war sie denn...?
Wenn ich sage genial, ist das übertrieben, wenn ich so lala sage, ist das maßlos untertrieben, wenn ich aber sage gut, stimmt das auch kein bisschen.
Überleg, überleg, überleg... Also, am ehesten war es wohl aufregend und... ein bisschen unheimlich. Unheimlich deshalb, weil schon ein paar ältere Jungs da waren (sechzehn? siebzehn? noch älter???), die haben gekifft und merkwürdigen blaustichigen Alkohol getrunken, und aus genau dem gleichen Grund war es auch aufregend. O.k., irgendwie hätte es ein bisschen mehr Engtanz und Flaschendrehen geben können, und mit diesen Kiffer-Jungs möchte ich am hellichten Tage auch nichts zu tun haben, aber es war schon spannend, einfach nur dabei zu sein und sich wichtig vorzukommen.

Ich glaub, Kiki ging es nicht viel anders. Wie schon bei der letzten Party haben wir den ganzen Abend auf einer Matratze gehockt, zusammen an einem Glas Sekt genippt und über die Jungs abgekichert. Kurz bevor meine Dinos kamen, meinte Kiki noch, ihr Vater habe in seinen wilden Zeiten ziemlich viel Gras geraucht, aber er würde es keinem zur Nachahmung empfehlen. Zwar mache das Zeug nicht direkt süchtig, aber nach und nach werde man blöd in der Birne.

PS. Keine Angst, liebe Nachwelt. Ich bin weder erpicht aufs Rauchen (egal was), noch darauf, blöd in der Birne zu werden.

PPS. Hoffe nicht, dass die Birne von Kikis Vater allzu sehr gelitten hat.

28. März

A) Nick hat mich heute nicht gegrüßt, als wir uns im Treppenhaus begegnet sind. (Blöder Kerl!)
B) Charlotte ruft nicht an. Beleidigt? (Blöde Freundin!)
C) Stattdessen ruft Kiki an! Mindestens zweimal täglich! So wie's aussieht, wird sie eine richtig gute Freundin! (Yippie!)

29. März

Ich muss ja zu meiner Schande gestehen, dass ich heute mit Kiki genau das gleiche gemacht habe, was sonst Charlotte und mir vorbehalten war. In die Stadt fahren, bei H&M rumgucken (und nichts kaufen), im KDW in der Lebensmittelabteilung von den Probiertellern Süßigkeiten naschen, Jungs ausgucken. (Das mit dem Jungsausgucken hab ich mir diesmal allerdings geschenkt.

Wie ich schon sagte, interessieren mich diese seltsamen (und meistens beknackten) Wesen zur Zeit ja nicht. Außerdem hab ich nach wie vor an der Manu-Sache zu knabbern.)

Später waren wir noch bei Hugendubel, wo Kiki sich ein Buch über das Verhalten der Frösche gekauft hat.

QUAK

Später:

Postkarte von Suse bekommen. Sie läuft wie irre Ski, die Sonne scheint, und alles ist super.

Na, super...

PS. *Morgen Probe um 16 Uhr 16 in Addi Herings Schuppen*

- *Habe keine Lust.*
- *Habe Schiss.*
- *Habe kaum geübt.*
- *Würde am liebsten alles hinschmeißen.*

30. März

Irgendwie habe ich mich so auf die Ferien gefreut, und jetzt ist mir streckenweise doch ein wenig langweilig. Trotz Kiki und den Partys passiert insgesamt weniger als zur Schulzeit. Das muss erst mal einer kapieren!

Später: Eben hat Kiki angerufen. Sie hat mit ihrem Freund in Bremen per Brief einfach Schluss gemacht. Weil sie „keinen Bock" mehr auf ihn hat.

Ein bisschen komisch finde ich das schon, liebe Nachwelt... Ich mein, nur weil man „keinen Bock" mehr auf jemanden hat, macht man doch nicht einfach Schluss. Oder war Kiki nie richtig in ihren Freund verliebt? (so wie ich nicht in Manu...)

31. März

GRUMPF...

Streit auf unserer zweiten Bandprobe. Wir haben einen von Mops Songs geprobt (das heißt, versucht zu proben!), und plötzlich fing Emmy an mitzuqäken. Mops wollte nicht, dass Emmy in ihren Song reinpfuscht, aber Emmy meinte, er würde im Duett doch viel besser rüberkommen, und außerdem würde Proben für sie bedeuten, auch Dinge auszuprobieren. Damit hat sie natürlich Recht, aber trotzdem ist es allein Mops' Sache, wer bei ihren Songs mitsingt und wer nicht.

Irgendwie war die Stimmung dann insgesamt ziemlich im Eimer. Johanna hat sich von Emmy mit runterziehen lassen, und ich hab mich von Emmy und Johanna und Mops mit runterziehen lassen, was zur Folge hatte, dass ich nur noch gegen den Takt getrommelt hab. Aber wahrscheinlich hätte ich das sowieso getan.

APRIL!

APRILE! APRIL! APRILE!

APRIL! APRILE!

APRIL!

Jetzt ist es raus! Kiki hätte damals mit ihrem Freund FAST geschlafen! Es ist nur daran gescheitert, dass er keine Kondome dabei hatte. (Vielleicht war er aber auch zu feige. Meint Kiki.) Jedenfalls hatte sie danach keine Lust mehr. Und nun will sie sich Zeit lassen, bis wirklich der Richtige kommt. (Also hat sie ihren Ex auch nicht richtig geliebt.) Und wenn das erst an ihrem 40sten Geburtstag passiert, dann soll es eben so sein.

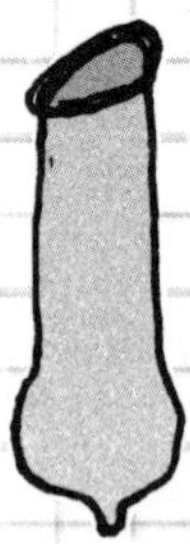

Vielleicht hat Kiki Recht. So wie sich Charlotte Nick an den Hals schmeißt und hintenherum über ihn ablästert... Also, in Ordnung finde ich das nicht.

PS. Eigentlich schade, dass Nick nie mehr bei mir klingelt. Irgendwie war's früher immer so nett mit ihm. (Besonders wenn er mir beim Putzen geholfen hat!)

PPS. *Ich glaub, ich werde erst in 75 Jahren mit einem Mann schlafen. Wenn überhaupt... Irgendwie stelle ich mir die Sache... ein bisschen eklig vor.*

Später:

Eben war Charlotte hier. Angeblich ist mit Nick Schluss. Erst dachte ich, Charlotte ist der lebendige Beweis für einen Aprilscherz auf zwei Beinen, aber dann hat sie so geweint, dass ich doch vorgezogen habe, ihr mal zu glauben.

Nach und nach kam folgendes raus: Charlotte war mit Nick auf einem Open-Air-Konzert. Als sie sich eine Cola holen wollte, hat sie so ein Typ von einem Wilmersdorfer Gymnasium angequatscht, woraufhin bei ihr sofort die große Liebe ausgebrochen ist. (oder so ähnlich...) Nick hat dann leider Gottes beobachtet, wie sie und der Typ Telefonnummern ausgetauscht haben und vor lauter Enttäuschung, Wut oder verletzter Eitelkeit sofort mit Charlotte Schluss gemacht hat.

Meine Fragen an Charlotte:

Frage eins: Wegen wem weinst du jetzt eigentlich?

Charlotte: Wegen beiden.

Frage zwei: Häh?

Charlotte: Schluchz, schluchz...

Frage drei: Willst du denn wieder mit Nick zusammen sein?

Heftiges Kopfschütteln.

Frage vier: Mit dem Wilmersdorfer?

Zaghaftes Nicken.

Frage fünf: Und du weinst trotzdem wegen Nick?

Heftiges Nicken.

Frage sechs: Und warum?

Charlotte: Weil er so… so süüüß ist und….

S E N D E P A U S E

Soll einer diese Frau verstehen?

Vorm Schlafengehen:

Habe den Sachverhalt „Charlotte und die Jungs/Männer“ noch einmal durchdacht und bin zu dem Schluss gekommen, dass Charlotte wahrscheinlich schon in den Typen aus Wilmersdorf verschossen ist, aber alles in allem sehr an Nick hängt. So wird es sein.

2. April

Kiki hat heute einfach eine in meinem Zimmer gequalmt. Irgendwie mochte ich ihr nicht sagen, dass ich das eklig finde, und hinterher gab's einen Riesenterz mit meinen Dinos. Natürlich wollte ich Kiki nicht anschwärzen (sonst wollen Mama und Papa vielleicht nicht mehr, dass ich mit ihr auf Partys gehe), also habe ich die Raucherei auf meine Kappe genommen. Das ist einerseits schlau, andererseits auch nicht. Was, wenn meine Dinos denken, Kiki habe mich angestiftet?

PS. Vielleicht hatte Kiki ja doch noch Liebeskummer wegen ihrem Freund in Bremen. Wer weiß?

Später:

Zum Glück sind Mama und Papa nicht nachtragend. Beim Abendessen war das Thema Rauchen schon vergessen.

3. April

Vorhin hat jemand bei uns gekingelt, und weil ich gerade tropfnass aus der Dusche kam, habe ich es nicht mehr rechtzeitig bis zur Tür geschafft. Jetzt zerbreche ich mir den Kopf, wer es gewesen sein könnte.

A) der Paketdienst?
B) ein Handzettelverteiler?
C) Charlotte, die sich bei mir ausheulen wollte?
D) Nick, der sich bei mir ausheulen wollte?
E) Manu, der Lust auf Küssen hatte, aber niemand anderes gefunden hat?
F) ein neuer Lover von Lilli?
G) irgendjemand, der sich einfach verklingelt hat?

Bevor ich mir noch den Kopf zerbreche, nehme ich einfach mal Möglichkeit G) an.

Später:

Pustekuchen! Kiki hat heute vormittag geklingelt. Und zwar und zwar und zwar... Sie will mich zu einem Mini-Zelturlaub mit ihrem Sweet-Vater in die Uckermark einladen. Zwei Zelte (eins für ihren Dad, eins für uns), zwei Übernachtungen. Mann, das ist der Wahnsinn! Wenn's nach Kiki und ihrem Vater geht, können wir übermorgen starten!

P.S. Kikis Mutter spielt an der Volksbühne Theater. Irgendein modernes Stück von einem Engländer.

Noch später:

Mama und Papa sind dagegen, dass ich mit zum Zelten fahre. Sie meinen, es wäre noch viel zu kalt und ich würde mir sonstwas wegholen. So ein Blödsinn! Für April ist es geradezu heiß, und außerdem hab ich mein Immunsystem heute Mittag mit Mamas panierten Tofu-Schnittchen (bäh...) auf Vordermann gebracht!

Fies!

In Wirklichkeit trauen sie wahrscheinlich Kikis Vater nicht über den Weg.
Das wäre allerdings doppeltfies!

4. April

Eine märchenhaft schöne Wendung in meinem sonst so furchtbar trostlosen und öden Leben! Mama und Papa haben meiner kleinen Zeltauszeit zugestimmt! Und warum? Ich habe keine Ahnung, warum!!
Vielleicht, weil die Wettervorhersage für die nächsten Tage gut ist (kein Blitz, Donner, Hagel, Schnee und Erdbeben). Vielleicht aber auch, weil sich die Dinos an ihren ersten Zelturlaub in Sizilien erinnert haben. Damals waren Sophia, Lilli und ich noch Eizellen und haben in aller Harmonie nebeneinander in Mamas Bauch gedümpelt (Oder hat Lilli auch schon als Eizelle gestänkert? Kann mich leider nicht mehr erinnern...).

PS. Es gibt nur zwei mittelkleine bis mittelgroße Probleme. Sophia und Suse haben am 6. April Geburtstag. Also werde ich nicht auf die Suse-Party gehen können (sie kommt am 5. aus dem Skiurlaub zurück), und ich werde auch nicht zu Sophia fahren können, um ihr ein Geschenk vorbeizubringen. Ob die beiden sauer sind, wenn ich nachträglich gratuliere?
Ist das Verrat an der Freundschaft???

PPS: A propos Geschenke. Muss noch rasch welche besorgen. Sophia kriegt irgendwas für ihre Wohnung. Und Suse…?

PPPS: Außerdem brauche ich auch Proviant für meinen Survival-Urlaub.

Später:

Charlotte hat angerufen und sich total drüber aufgeregt, dass ich nicht zu Suses Party komme. (Was geht sie das denn an?) Ist es etwa ihr Geburtstag?
Ich glaub, sie ist im Moment einfach grundsätzlich mies drauf. Wegen Nick, und weil sich der Typ aus Wilmersdorf nicht bei ihr gemeldet hat. Kann ich ja verstehen, aber muss sie deshalb gleich so einen Terz machen? Sie tut ja geradezu so, als ob Kiki eine zweite Hasspute Carmen ist!
Wenn dem so wäre, wüsste ich das ja wohl am besten!

PS. Was für Geschenke ich besorgt habe: Einen supersüßen Salzstreuer für Sophia und einen supersupersüßen Badmintonschläger im Miniformat für Suse.

Vorm Einschlafen:

Zum Glück ist wenigstens Sophia nicht sauer, dass ich an ihrem Geburtstag nicht da bin. Na ja – da sie mit ihrem Klaus romantisch Essen geht, würde ich sowieso nur stören…
Mann, wie kann man nur so aufgeregt sein! Wahrscheinlich werde ich morgen früh um sieben noch nicht eingeschlafen sein. Aber dann ist es sowieso egal, weil da nämlich mein Wecker klingelt.

5. April

[redacted]

6. April

[redacted]

Vorm Einschlafen:

Liebe Nachwelt, sorry wegen der Eintragungen der letzten beiden Tage, aber zu mehr war ich einfach nicht fähig. Weil, weil, weil... so unglaublich viel passiert ist! Und jetzt bin ich einfach nur hundemüde...

7. April, früher Abend:

Womit soll ich anfangen? Damit, dass Suse, Charlotte und Mops alle drei STINKEsauer auf mich sind? (Suse, weil ich nicht zu ihrem Fest gekommen bin, Charlotte aus dem gleichen Grund und Mops, weil ich vergessen hatte, die Bandprobe abzusagen. Asche auf mein Haupt!! Ich weiß, das war total schäbig von mir.)
Oder besser damit, dass der Zelturlaub einfach nur spitze war?
Lieber mit Letzterem. Der Freundinnen-Zoff zieht mich im Moment nur runter...

Also:

Kapitel eins. Der Sweet-Vater

Kikis Vater ist ein Spitzenexemplar von Vater, wirklich! Er sieht genauso schräg aus, wie ich ihn mir vorgestellt habe (extrem lange, extrem fusselige (!), extrem blonde Haare), ansonsten ist er aber viel normaler als ich gedacht habe. Zum Beispiel gab es wie bei uns zu Hause auch Putz-, Koch- und Abwaschdienst, und nach 23 Uhr durften wir nur noch auf Sparflamme in unserem Zelt rumkichern. Sonst hatten wir aber so ziemlich alle Freiheiten der Welt. Herr Wiszek (den ich Herbert nennen darf/soll/muss!) hat uns sogar in die Disko ins nächste Dorf kutschiert. Davon aber später mehr...

Kapitel zwei. Warum Zelten so grossartig ist

– Falls man zu zweit im Zelt liegt, darf man bis 22.59 Uhr (plus 59 Sekunden) kichern und quatschen, was das Zeug hält. (Kiki hat mir unter anderem erzählt, daß sich ihr Typ aus Bremen nie wieder gemeldet habe. Sie ist aber nur froh drum. Angeblich soll er ein „micser Küsser" gewesen sein.)
– Die ganze Nacht lang kann man auf der Luftmatratze hin – und herwabbeln. Das hindert einen zwar daran einzuschlafen, aber es bringt irrsinnig viel Spaß.
– Falls man nachts mal muss, geht man einfach hinter den nächsten Busch. (Zumindest wenn man Schiss hat, über den (fast) dunklen Zeltplatz bis zu den Toiletten zu laufen.) Was aber, wenn Schakale, echte Dinosaurier oder ältliche Väter mit langen Haaren genau das gleiche vorhaben???
– Alle Mahlzeiten finden draußen statt. Bringt Spaß, ist appetitanregend und fördert die Verdauung.

Kapitel drei.
Was Kiki und ich den ganzen Tag gemacht haben:

Vom Quasseln und Kichern habe ich ja schon berichtet, ansonsten haben wir jeden Tag zusammen mit HERBERT einen Ausflug in die nähere Umgebung unternommen, uns alle möglichen kleinen Dörfer angesehen, Bäckerein getestet, irgendwo herumgesessen und Cola getrunken, Sweet über Herberts Walkman gehört (gefällt mir aber nicht so gut, die Musik) und es uns einfach nur gut gehen lassen...

Kapitel vier.
Unsere genialen Abende:

Der erste Abend war genial, weil Herbert erst ein superleckeres und superscharfes Thai-Curry (Zzzzzzzschschschsch!) gekocht hat und wir nach dem Abwasch stundenlang alle möglichen Gesellschaftsspiele aus Herberts Jugendkollektion gespielt haben. Gegen halb zehn wurde es allerdings so kalt, dass ich mich unbedingt in meinem Schlafsack verkriechen musste. Nicht dass sich noch Mamas Mutmaßungen von wegen Lungenentzündung und so bestätigen! Zum Glück kam Kiki wenig später zum Quasseln nach.

Worüber wir geredet haben? Über Jungs natürlich (die mich im Moment ja eigentlich nicht interessieren... Aber na ja..., vielleicht geht dieses jungenlose Kapitel meines Lebens gerade zu Ende.)

Ich habe Kiki ausführlich von meiner gescheiterten Supertypsuche Anfang des Jahres erzählt. Von all den Fehlschlägen mit Olli, Luc, Anton und wie sie alle hießen. Und von Suses falschen Horoskop-Prognosen. Kiki wollte sich die ganze Zeit über nur kaputt lachen. (Ehrlich – ich fand's damals gar nicht so lustig.) Später haben wir auch noch über Manu geredet. Kiki meinte, ich solle

seinetwegen kein schlechtes Gewissen haben. Er würde über mein „brutales Vorgehen" (O-Ton Kiki) am Telefon schon hinwegkommen. Tat richtig gut, das zu hören... Der zweite Abend war noch viel genialer als genial. Diesmal haben Kiki und ich gekocht. Tortellini aus der Packung mit einer selbstkreierten Gorgonzolasoße. Herbert war begeistert. (Ich weniger. Denn beim Essen geriet eine seiner langen Fusselsträhnen in die Soße, was nicht gerade appetitlich aussah.) Nach dem Abwasch hat Herbert uns zur Belohnung in die nächste Großraumdisko (cirka 15 Kilometer entfernt) gefahren. Er selbst wollte inzwischen im Dorf „ein Bierchen" zischen gehen. Das fand ich sehr vernünftig, denn mit einem fast 50jährigen Sweetfan blamiert man sich selbst in der Ödnis! (Nicht dass du mich falsch verstehst, liebe Nachwelt! Ich finde, Herbert ist schwer in Ordnung!)
In der Disko war so früh am Abend zwar noch nicht viel los, aber das hat Kiki und mich herzlich wenig gestört. Obwohl kein Mensch auf der Tanzfläche war, haben wir einfach mit dem Tanzen losgelegt und uns die unmöglichsten Schritte und Verrenkungen ausgedacht. (Vielleicht ein bisschen albern, hat aber riesigen Spaß gemacht. In so was bin ich im Gegensatz zum Schlagzeugspielen wirklich ein Naturtalent.) Etwa nach einer halben Stunde kam ein weiteres Mädchen auf die Tanzfläche, kurz darauf eine ganze Horde Jungs (schätzungsweise fünfzehn, sechzehn Jahre alt), um sich direkt vor unserer Nase zu produzieren. Natürlich war das allerprimitivstes Balzgehabe – klar! – aber Kiki und ich haben ganz cool in der Gegend rumgeguckt und so getan, als gäbe es nur uns beide auf der Tanzfläche. Allerdings mit einer Einschränkung. Ab und zu habe ich heimlich zu den Jungs rübergelinst und musste da-

bei feststellen, dass mich der Kleinste von ihnen (ein hübscher Blonder mit schmalen Augen) die ganze Zeit anguckte.
Normalerweise lasse ich mich nicht gerne anglotzen, aber in diesem Fall fand ich's ziemlich aufregend und wollte auch nicht mit, als Kiki aufs Klo ging. Kaum dass sie weg war, löste sich der Typ aus seinem Jungenpulk und kam direkt auf mich zugetanzt, bis er so ziemlich vor mir stand, weitertanzte und dabei auf meine Nasenwurzel schielte.
Liebe Nachwelt, weißt du, wie das ist, wenn einem vor lauter Aufregung die Beine wachsweich werden, die Spucke im Moment verklumpt und keine neue mehr gebildet wird?

Um die Spannung zu erhöhen, gehe ich erst mal auf Klo und dann einen Happen essen.

Später Abend:

Hm, lecker! Hatte es mir grad mit meinen Dinos und einer Familienpackung Cremissimo Vanilleeis vor dem Fernseher gemütlich gemacht. Erst nach der zweieinhalbten Portion fiel mir ein, dass ich die liebe Nachwelt ja schon ewig auf die Folter spanne.
Also, weiter im Text.
Och, nö. Bin doch zu müde. Schreibe ich einfach morgen weiter...

8. April

Montag muss ich wieder in die Schule.
OH, GRAUEN!!

Hab ein bisschen Liebeskummer, liebe Nachwelt (der sichere Beweis dafür, dass meine jungenlose Zeit tatsächlich zu Ende ist). Und weißt du, warum? Wegen Ole! So hieß der Blondling in der Disko. Was nach an dem Abend passiert ist? Oh, so einiges.

Erstens) Während meine Beine also immer noch wachsweich waren, hat Ole mich einfach an die Hand genommen und von der Tanzfläche weggezogen (was zur Folge hatte, dass meine Beine nur noch wachsweicher wurden).

Zweitens) Er hat mich gefragt, ob ich hier aus dem Ort sei, und als ich sagte, nein, ich würde in Berlin leben, hat er mir (vor lauter Freude, weil er auch in Berlin wohnt???) ein Küsschen auf die Wange gepresst. Daraufhin wurden meine Beine zu Flüssigbutter. (Ein Wunder, dass ich überhaupt noch stehen konnte!)

Drittens) Nachdem ich von meinem Zelturlaub erzählt hatte und Ole von seinem Paddeltörn mit seiner Paddel-Gruppe (=Jungspulk), haben wir gar nichts mehr geredet und uns nur verliebt angeschaut.

(Natürlich ist das Quatsch, weil man sich in so kurzer Zeit gar nicht verlieben kann, aber es kam mir eben so vor. Und nach dem ganzen Manu-Trara kann ich mir ja ruhig mal ein bisschen Verliebtsein einreden, oder?)

Viertens) Kiki kam vom Klo, aber als sie Ole und mich gesehen hat, ist sie taktvollerweise wieder tanzen gegangen.

Fünftens) Ole hat mir einen Hauch von Kuss auf den Mund gegeben (woraufhin meine Beine in fettigen Blasen *wegschwammen*). Kaum hatte er zu Ende gehaucht, musste er aufs Klo, um zu pinkeln.

Sechstens) Dann kam auf einmal Kiki angerannt, ihr Vater würde draußen schon mit laufendem Motor warten, ich bin noch schnell zum Klo gedüst, hab aber keinen Ole mehr gesehen, und so nahm der eigentlich fantastische Abend doch noch ein richtig trauriges, um nicht zu sagen tragisches Ende...

PS. Warum habe ich nicht gleich mit Ole Telefonnummern ausgetauscht? (so wie Charlotte mit ihrem Wilmersdorfer...)

PPS: Warum hat Ole mir nicht zumindest seinen Nachnamen gesagt? Wie soll ich bitteschön einen Jungen namens Ole in einer Millionenstadt wie Berlin finden???

PPPS. *Meinen Nachnamen weiß er auch nicht.*

PPPPS. Zum Glück haben meine Beine wenigstens wieder ihre normale Konsistenz angenommen.

9. April

Verschlafener Sonntag. Habe zu nichts Lust. Außerdem bin ich ziemlich mies drauf. Wegen Charlotte... Wegen Mops und auch wegen Ole (wegen Suse nur ein bisschen).

Charlotte hat gleich wieder aufgelegt, nachdem ich angerufen habe (Zicke!), Mops musste mich wegen der verdaddelten Probe unbedingt noch mal zur Schnecke machen, und Suse... Man staune, aber sie hat es noch am lockersten genommen, dass ich nicht bei ihrem Fest aufgetaucht bin. (Den Badmintonschläger überreiche ich ihr morgen in der Schule.)

Das einzig Erfreuliche war gestern meine Stippvisite bei Sophia. Sie hat sich riesig über den Salzstreuer gefreut und mich in Sachen Freundinnenkummer beraten. Sie meinte, Eifersüchteleien unter Freundinnen seien ganz normal, und mit der Zeit würde sich schon von alleine herausstellen, welche Freundschaft wirklich BESTAND hat. Sehr klug gesagt. Geradezu philosophisch.

PS. Von Ole hab ich ihr nichts erzählt, das war mir doch ein bisschen peinlich.

PPS. Kiki vermutet, vielleicht habe Ole sich bei dem Kuss gar nicht groß was gedacht, vielleicht würden *flüchtige* Küsse in seiner Ole-Welt überhaupt nichts weiter bedeuten. Kann schon sein, aber ich finde es trotzdem reichlich ätzend, dass Kiki so einen Text bringt. Hilft mir auch nicht gerade meinen Liebeskummer zu überwinden.

PPPS. Später rief Sophia noch mal an und meinte, ich solle aber aufpassen und meine Stammfreundinnen bloß nicht fallenlassen, weil mir Kiki im Moment interessanter erscheine.
So ein Blödsinn! Würde ich doch nie tun!

10. April

Den ersten Schultag ohne große Katastrophen überstanden. Was alles passiert ist:
✎ Suse fand den Badmintonschläger *unheimlich niedlich* und hat mich umarmt. Zum Glück ist sie nicht nachtragend.
✎ Nun ist es amtlich. Unsere Klassenfahrt mit dem Freudenspender (Deutsch) und Frau Deny (Kunst) im Mai steht fest. Wir fahren an irgendeinen XY-See im Berliner Umland, alles zu dem Zweck, uns *kreativ* auszuleben. Es werden sogenannte *Kreativgruppen* gebildet (Dichten, schauspielern, malen...), in denen wir

große Kunst hervorbringen sollen und auch werden. Ist ja klar, dass ich in die Kunstgruppe von der Deny gehe… (Für alle, die's noch nicht wissen: Ein Drum-Genie bin ich zwar nicht gerade, aber als zweiter Picasso könnte ich schon durchgehen.

✎ Mops hat ihre heimliche Cremschnittendiät aufgegeben und macht jetzt eine für alle sichtbare Cremeschnittendiät.

✎ Frau Möller-Kosemann war ganz beeindruckt, dass ich ohne zu stottern vier englische Sätze am Stück sagen konnte. Wahrscheinlich werde ich endlich mal eine gute Note bekommen. Siehste, olle Sabi! Ich bin in Englisch nämlich doch keine Niete!

✎ Bio-Küster hat zwar seinen Blick über die ganze Klasse schweifen lassen, als er reinkam, aber wen hat er dabei als einzige angelächelt? MICH! Wahrscheinlich sollte ich mich eh an Bio-Küster halten, statt meine Liebesenergie auf eine Stecknadel im Heuhaufen zu verschwenden.

✎ Ich bin Manu in der großen Pause über den Weg gelaufen. Zum Glück war es überhaupt nicht weiter schlimm. Er hat die Hand gehoben, mich angelächelt und ist einfach weitergegangen. Ohne Heulattacke. Ohne mir eine peinlich-DESASTRÖSE Szene zu machen. Gott, bin ich froh!

PS. Vielleicht sollte ich Suse fragen, ob sie mir in Sachen Ole ein Liebeshoroskop erstellt. Ach… – wahrscheinlich geht das doch nur wieder den Bach runter.

PPS.
Frau Möller-Kosemann war heute ausnahmsweise mal nicht so nutella-nuttig angezogen.

11. April

Ich finde ja nicht unbedingt, dass Kiki hübscher ist als ich, aber ihr Busen ist eindeutig größer. Und außer Ole (damals) gucken immer alle Jungs Kiki an, wenn wir zusammen sind.
Und jetzt rate mal, warum, liebe Nachwelt...

12. April

Lilli brauchte mich heute als Kleiderpüppchen für einen ihrer Entwürfe. Es war ein bodenlager Rock mit so vielen Falten, dass selbst ich spiddelige Person darin wie eine Tonne aussah.
Also, ich bin zwar keine Modeprofessorin, aber wenn sie meine Meinung hören will: Mit dem Teil wird sie keinen Blumentopf gewinnen.

PS. *Zu dumm. Lilli wollte meine Meinung gar nicht hören.*

PPS. Immerhin war sie ziemlich nett und hat mir erzählt, dass sie zur Zeit solo ist und es auch eine Weile bleiben will. Weil die Männer doch nie halten, was sie versprechen. Näher ausführen wollte sie das allerdings nicht. Sie meinte, ich würde es schon noch am eigenen Leib erfahren.
Wie habe ich das denn bitte schön zu verstehen?
Klingt ja unglaublich ermutigend!
Echt!

13. April

Wieso ist Charlotte nur so stur und sieht durch mich hindurch, als ob ich eine zweite Hasspute Carmen wäre! DAS IST NICHT FAIR, CHARLOTTE!
Wie oft soll ich sie eigentlich noch anquatschen und mir eine Abfuhr einfangen?
Ich sag dir was, Charlotte! Jetzt ist Schluss mit lustig! Ab sofort werde ich meine Pausen mit Kiki, von mir aus auch mit Mops und Suse verbringen, aber nicht mehr mit dir!

PS. Großer Schreck. Die Mathearbeit heute war grausam. Hoffe nicht, dass ich sie vergeigt habe. So was passiert nämlich leicht, wenn die Gedanken bei irgendwelchen Oles oder fiesen Freundinnen sind.

Später:

Mops hat kurzfristig eine Bandprobe angesetzt. Ich kann nicht gerade sagen, dass ich Lust habe. Am liebsten wäre mir, es hätte Addi Herings Schlagzeug nie gegeben!

- hab ewig nicht geübt.
- *hab ein schlechtes Gewissen wegen der Schwänzerei*
- *hab, hab... hab null Lust*

14. April

Eben lese ich noch einmal meine Notizen von gestern und denke, ich **bin doch** wirklich **bescheuert**. Die Band ist **schließlich** das einzige, was mich im Moment aufbaut/aufbauen sollte. (Außer Bio-Küster, der Stecknadel und natürlich Kiki!!) Und mit ein bisschen Übung...

Unsere Probe gestern Nachmittag war auch einigermaßen o.k.. Zwar haben mich die Mädels erst wegen der letzten Probe angemosert, aber nachdem sie alle einzeln Dampf abgelassen hatten und von meiner Gratisrunde Cremeschnittchen abgefüllt waren, ging's so richtig zur Sache. Und *zwar und zwar und zwar*... es war das erste Mal, dass wir richtig MUSIK gemacht haben (so kam es mir jedenfalls vor). Der Einfachheit halber haben wir ein Stück von „Tocotronic" nachgespielt, und weil ich das ja schon bis zur ersten Ohnmacht geübt hatte, stand ich gar nicht mal so schlecht da. Zumindest hat mich niemand ausgelacht, und irgendwie fand ich die anderen auch nicht mehr sehr viel besser als mich (außer vielleicht Mops. Sie hat wirklich eine super Stimme.).

Kann sein, dass wir doch noch richtig berühmt werden. Das wäre klasse, dann brauche ich mir wenigstens keine Gedanken um meine (wahrscheinlich) verhauene Mathearbeit, um Notendurchschnitte und Berufswünsche zu machen. (Und um die Rente..)

Wenig später:

Ich langweile mich ein bisschen. Charlotte redet nicht mehr mit mir, Suse ist beim Badminton, Mops mit ihrer Mutter beim Großeinkauf, Kiki mit ihrem Vater bei Ikea, meine Dinos kümmern sich um den Würstchennachschub für ihre Imbisse, Sophia arbeitet, und Lilli ist an der Uni (Wahrscheinlich kassiert sie gerade eine Sechs für ihren Dickmacherfaltenrock.).

Mir bleiben nur drei Möglichkeiten:

1) Weiter auf dem Bett rumgammeln und mich langweilen

2) Bei Nick klingeln. Vielleicht ist ihm auch langweilig, wo er sich nun nicht mehr mit Charlotte bespeichelt.

3) Die Stecknadel im Heuhaufen suchen.

Ich glaube, ich entscheide mich für Nummer 3).

Große Frage: Wo genau treibt sich ein vierzehn- bis fünfzehnjähriger Paddler in Berlin herum, wenn er sich nicht gerade in seinem Kiez befindet (den ich ja auch nicht kenne)? Am Wannsee? Am Tegeler See? An der Müritz? Am Ku'damm? In Mitte? Am Prenzlauer Berg?

Oh Mann, ich merke schon. Es gibt tausendundvier Möglichkeiten. Und wenn ich anfange, alle Seen Berlins abzuklappern bin ich im Jahr dreitausend noch damit beschäftigt.

Kurz vorm Einschlafen:

Wo ich eben war? Am Ku'damm.

Hatte mir nämlich folgendes überlegt: Angenommen, Ole hat heute kein Paddeltraininng und beschlossen, sich mal die eine oder andere neue Jeans zuzulegen, dann fährt er aller Wahrscheinlichkeit nach zum Ku'damm. Es sei denn, er wohnt in Steglitz und geht in die Schlossstraße, oder er wohnt in Wilmersdorf und geht in die Wilmersdorfer oder er wohnt am Alex und geht zum Alex... Aber selbst diese Menschen fahren doch mal zum Ku'damm – oder etwa nicht?

Ich weiß, mein Gedankengang war völlig hirnrissig, aber manchmal ist es eben so, dass man völlig hirnrissige und eigentlich sinnlose Sachen tut. Jedenfalls bin ich cirka zwei Stunden lang die Strecke zwischen Wittembergplatz und Gedächtniskirche auf und ab gedackelt, immer hin und zurück, mal auf der einen, mal auf der anderen Straßenseite – leider ohne Erfolg. Kein Ole weit und breit! Selbst im Levis Store war ich, hab ewig lange am Eingang rumgelungert, aber wahrscheinlich wollte Ole an diesem wunderschönen Apriltag überhaupt keine neue Jeans kaufen. (Was ich gar nicht verstehen kann, denn seine hatte ein Loch am Knie.)

PS. MIST! BERLIN IST EINFACH ZU GROSS, UM EINE GANZ BESTIMMTE PERSON REIN ZUFÄLLIG WIEDERZUTREFFEN!

16. April, abends:

Dieses Wochenende sollte ein Freundinnen-Versöhn-Wochenende werden, aber da Charlotte es einfach nicht mehr für nötig hält, auf meine Anrufe zu reagieren, dachte ich mir, die kann mich mal, die Kuh, wenn sie eine zweite Hasspute Carmen werden will – nur zu!!!!!

Samstag:

Was ganz schön war: Endlich haben Suse und ich mal wieder einen richtig intensiven Horoskop-Nachmittag verbracht. (Ich konnte es ja doch nicht lassen und musste sie in Sachen Ole befragen.) Allerdings sind bei ihren astrologischen Berechnungen nur Dinge herausgekommen, die ich eigentlich schon wusste: Nämlich dass es da jemanden in meinem Leben gibt (Ole?), dass dieser Jemand aber Schwierigkeiten hat mit mir zusammenzukommen (Ole, na klar!) und dass es auch in Zukunft nicht gerade rosig für uns aussieht. (Sag ich doch.... schnief...). Immerhin – und das hört sich ja nicht übel an – könnte es im Mai eine Wendung in meinem Leben geben.
Was genau damit gemeint ist (große Liebe, Supernote in Mathe, überraschendes Geschenk meiner Eltern??) wusste Suse allerdings nicht zu sagen. Typisch...

Was der Knüller ist: Suse hat sich in einen Jungen aus ihrer Badminton-Gruppe verliebt. So wie's ausschaut, lässt sie ihn auch nicht ganz kalt.
(Und ich dachte immer, Jungs sind für Suse so entbehrlich wie Mückenstiche.)

Sonntag: **Was ganz schön war:** Endlich durfte ich mal Kikis Mutter kennenlernen. Im Gegensatz zu Herbert (der ja optisch eher eine Lachnummer ist) sieht Frau Wiszek unglaublich gut aus (dunkle kurze Haare, blaue Augen, kurvenreiche Figur) und nett ist sie mindestens genauso wie ihr Mann. Ehepaar Wiszek hat uns nach einem Spaziergang im Tiergarten in den Kunstwerken (einer dieser Hinterhöfe in Mitte) zu Kaffee und Kuchen eingeladen. Mann, kam ich mir popelig vor zwischen all den Künstlern, Schauspielern und Intellektuellen. (Die Leute sahen jedenfalls aus, wie ich mir Künstler, Schauspieler und Intellektuelle immer vorgestellt habe. Viele schwarze Klamotten, Handys, Dreitagebärte, übereinandergeschlagene Beine, glasige Blicke und Zigarillos.) Dazwischen Kiki und ich mit ihrer schönen Mutter und Herbert (der von allen Künstlern, Schauspielern und Intellektuellen ausgiebig begafft wurde). Ich hab mich bemüht, so intellektuell wie möglich zu **parlieren** und dabei möglichst nichts **Desaströses** von mir zu geben. Ab und zu hab ich im Zusammenhang mit den „HONOLULU-GIRLS" und Addi Hering ganz laut das Wort **Mäzen** fallenlassen. Hoffe, es hat auch jemand gehört.

PS. Schade, dass Bio-Küster mich so nicht sehen konnte. Der hätte sich auf der Stelle in mich verliebt.

PPS. Auch schade, dass Charlotte nicht zufällig vorbeigekommen ist. Sie wäre vermutlich vor Neid geplatzt.

PPPS. *Bin ich als Drummerin der* „HONOLULU-GIRLS" *eigentlich so etwas wie eine Künstlerin?*

17. April

Ich hänge rum wie ein Schluck Wasser in der Kurve und denke: Womit habe ich das verdient? Es ist mir peinlich zuzugeben, liebe Nachwelt, aber ich habe tatsächlich eine Fünf in Mathe geschrieben. Ich will ja nicht behaupten, dass der Hengst (so nennt Charlotte unseren Mathelehrer Herrn Koppel immer) mir mit etwas gutem Willen noch eine Vier minus hätte geben können, aber...

MEINE ERSTE FÜNF! (Die aus der Grundschule, als ich fast 40 Grad Fieber hatte, lass ich mal unter den Tisch fallen.)

Doch. Genau das will ich eigentlich behaupten. Immerhin sind die beiden ersten Aufgaben komplett richtig. (Aber das ist auch schon alles...) Mama, Papa, Lilli, Sophia, Oma Anna, Opa Paolo, die nutella-nuttige Frau Möller-Kosemann und Bioküster – sie alle waren bestimmt nie solche Matheversager! Mama fand's zwar nicht weiter schlimm (Die nächste Arbeit wird schon wieder besser, meinte sie nur.), aber wie ich es finde, interessiert wohl keinen?!

PS. Versuche Mathe zu pauken, aber meine Gedanken schweifen immer zu der Stecknadel im Heuhaufen Berlin ab. Und wenn ich mich zwinge, nicht an Ole zu denken, denke ich an Schokolade, kaputte Haarspitzen und Brüste, die mal ein bisschen wachsen sollten.

PPS. Yippie! Kiki hat eine Fete fürs Wochenende aufgetan. Zum Glück ist es diesmal keine Kiffer-Gang, sondern die Geburtstagsfeier von einem aus ihrer Klasse. Und der feiert im ganz großen Stil, weil sein Cousin am selben Tag Geburtstag hat. Deshalb kann man auch davon ausgehen, dass nicht nur die Pickelgesichter von unserer Schule kommen.

18. April

Thema Nummer eins in meinem Leben: *Die Party am Wochenende.*

Komisch, aber Mama ist richtig ausgetickt, als ich ihr davon erzählt habe. Ich wäre ja in letzter Zeit „wahrlich" (So komische Wörter benutzt Mama!) genug auf Partys gegangen, was denn eigentlich mit mir los sei und ich solle mich doch besser mal für die Schule auf den Hosenboden setzen.

Ich dachte, ich spinne!

Was ist denn in meine Mama gefahren? So kenne ich sie ja gar nicht! Wahrscheinlich hat sie mich nur angesponnen, als sie meinte, das mit der Mathearbeit sei nicht weiter schlimm. Aber wenn sie mir die Party verbieten will, stiefele ich persönlich ins Kanzleramt, um mich an höherer Stelle über sie zu beschweren.

PS. Bleibt noch Papa. Vielleicht hat der ja ein weicheres Herz.

PPS. Charlotte redet wieder mit mir. Allerdings nur Blabla. Es wird nicht leicht werden, aber vor ihr muss ich die Party auf jeden Fall geheim halten...

19. April

Ein Wunder ist geschehen!

Nach neunzehntausendvierhundertzwanzig Jahren stand Nick vorhin wieder mal wieder bei mir auf der Matte und tat so, als sei überhaupt nichts vorgefallen. Der hat Nerven! Nett wie ich bin, habe ich ihn reingebeten und auch so getan, als sei nichts weiter passiert.

Dabei ist in der letzten Zeit ein ganzes DRAMA in mindestens vierhundert Akten abgegangen. (nämlich das Charlotte-Drama)

Wir haben uns in die Küche gesetzt, schlabbrige Sellerie-Stangen mit Knoblauchquark gegessen und uns ganz normal über dies und das unterhalten. Wie früher auch. Dabei habe ich mir Nick reichlich genau angesehen und gedacht, komisch, in den sollst du angeblich mal verknallt gewesen sein? Zwar finde seine Zahnlücke immer noch unglaublich sexy, aber ansonsten regen sich bei mir überhaupt keine (Liebes)gefühle. (Woran vielleicht auch Charlotte Schuld ist, die immer über Nicks Sabberküsse abgelästert hat.)

Eigentlich hätte ich erwartet, dass Nick mal was von seiner Ex, seinem Liebeskummer oder zumindest *irgendwas* von Charlotte erzählt, aber Pustekuchen. Er umschiffte das Thema wie ein Kapitän die gefährlichsten Riffe. (Eleganter Vergleich, was, liebe Nachwelt?)

Hat er vielleicht gar keinen?

Gut, dachte ich mir, wenn das mit Nick so prima anläuft, könntest du ihn ruhig mal wieder ein bisschen zum Putzen abkommandieren (Hatte heute Badputzdienst), doch als ich nur das Wort Putzlappen in den Mund genommen habe, musste Nick ganz plötzlich und rasend schnell nach oben, um sich auf eine Französischarbeit vorzubereiten. Na denn...

PS. Statement des Tages:

Mädchen können einfach raffinierter lügen!

20. April

Probe gehabt. Stopp. Emmy führt sich auf wie eine Diva. Stopp. Mops muss vor lauter Ärger ganz viele Cremeschnittchen in sich hineinstopfen. Stopp. Glaube, sie ist schon wieder dicker geworden. Stopp. Wie soll das weitergehen mit unserer Band? Stop. Heute hat es keinen großen Spaß gemacht. Stopp. Ob wir Königin Emmy eiskalt rausschmeißen sollen? Stopp. Dann wären wir Johanna vermutlich auch los. Stopp. Und die ist ja eigentlich o.k.. Stopp. Wenigstens spielt sie sich nicht so auf. Stopp. Vielleicht würde es fürs Erste reichen, Emmy heimlich ein paar ihrer schönen, roten Locken abzuschneiden. Stopp. Damit sie mal von ihrem hohen Ross runterkommt. Stoppppppppppppppp!

Später:

Wenn ich könnte, würde ich Papa per Rakete auf die Isola del Giglio schießen und Opa Paolo beauftragen, ihn dort am Fähranleger anzuketten! Wie kann er nur fies sein! So unglaublich fies! Auf einmal ist er jetzt auch ganz entschieden dagegen, dass ich Samstag auf die Party gehe.
Was soll das bloß?
Was wollen meine Dinos mir damit beweisen? (Dass sie die Chefs in der Familie sind und ich nur ein kleiner Pups im Wind bin?)
Das Partyverbot ist um so gemeiner, weil ich in letzter Zeit jeden Abend Mathe und Englisch gelernt habe.

PS. *Am liebsten würde ich abhauen! Nur wohin – das ist die Frage…*

21. April

Sophia ist meine letzte Hoffnung. Dass sie vielleicht ein gutes Wort für mich bei meinen verbohrten Dinos einlegt. Werde sie nach der Schule in ihrem Job anrufen.

Nachmittags:

Mensch! Manchmal kann Sophia mich mal mit ihren schlauen Gerede!

Sie meinte zwar, sie würde unsere Dinos anrufen, fragte aber im gleichen Atemzug, ob es denn so schlimm sei, mal auf eine Party zu verzichten. (Die hat Nerven!) Schließlich wisse ich doch, dass unsere Eltern eigentlich von der „toleranten“ Sorte seien (Ach ja?), ganz abgesehen davon, dass sie als Älteste in Sachen Freiheit doch schon einiges an Vorarbeit geleistet habe. (Kann schon sein. Aber das war Anno 1732 oder so!)

PS. Bitte, Sophia! Laß mich nicht im Stich!

PPS. Sag mal selbst, liebe Nachwelt. Ist es denn zuviel verlangt, ab und zu ausgehen zu wollen? (Wie handhabt ihr das heutzutage???)

Später:

Charlotte hat mich angerufen und gefragt, ob ich am Wochenende etwas vorhätte. Und was sage ich, beste Lügnerin aller Zeiten??? Meine Dinos und ich wären bei Addi Hering und seinem Freund zum Essen eingeladen. Ist das nicht eine geniale Ausrede?
(Jetzt kommt Charlotte auf einmal wieder angekrochen...)

Fünf Minuten später:

Mein schlechtes Gewissen regt sich. Ich packe es in einen Schuhkarton und der kommt ganz unten in den Schrank...

22. April

Offizielles Party-Geh-Verbot. Das ist das Ende der Welt. Sophias Anruf hat nichts genützt. Im Gegenteil.

Das Gespräch zwischen meinen Dinos und mir lief ungefähr so ab:

Mama, mit Stirnrunzeln: Das nächste Mal darfst du wieder gehen. Diesmal nicht.

Ich, mit Stirnrunzeln: Und warum nicht?

Mama, mit noch mehr Stirnrunzeln: Weil ich finde, dass Dreizehnjährige nicht JEDES Wochenende auf Partys gehen müssen!

Ich, mit liebem Augenaufschlag: Und warum nicht?

Mama, mit zwanzig Zitronenscheiben im Mund: Toni!!

Ich, obergenervt: Siehst du! Du weißt ja nicht mal, warum!

Papa, aus dem Hintergrund, obergenervt: Tooooni!

Jedenfalls war das Gespräch damit finito und ich reichlich enttäuscht. Wenn sie wenigstens mal ein paar Argumente angebracht hätten! (Angst vor Drogen, Angst vor Besäufnissen, Angst vor Knutschereien mit Folgen – was-weiß-ich...)

Später:

Ich werde trotzdem gehen. Heimlich. Und wenn ich mich aus dem Fenster abseilen und die Nacht in irgendeinem düsteren Park verbringen muss! (Eigentlich brauche ich auch gar nicht wieder zurückzukommen...

Kurz vor 21 Uhr:

Hah! Immerhin haben meine Dinos nichts dagegen, dass ich heute mal ein bisschen früher ins Bett gehen will. Weil ich ja angeblich **s o o o** müde bin!
Jetzt sitze ich fix und fertig aufgestylt (Unterrockkleid, Stiefel, Lippenstift) auf meinem Bett und warte aufs Telefonklingeln. Ich habe mit Kiki abgemacht, dass sie ein paarmal hintereinander anrufen und immer gleich wieder auflegen soll. Damit Mama und Papa im Wohnzimmer abgelenkt sind und ich fluchtartig (und vor allen Dingen unbemerkt) die Wohnung verlassen kann.
Natürlich ist es ziemlich mies, meine Dinos so zu linken, aber... War es vielleicht o.k., wie sie mich gelinkt haben?
Wart, wart, wart, wart...
Däumchen dreh, Däumchen dreh...
Hey! Ich glaub, es geht lo...

23. April, nachts:

Alles in die Hose gegangen. Große Oberschiete!
Komme eben nach Hause (Hab mir extra ein Taxi genommen und mein ganzes Taschengeld für eine dusselige Taxifahrt draufgehen lassen!), und wer steht da in der Tür?
Eine Furie im Schlafanzug und mit wirren Haaren, die alles in allem ziemlich nach Mama aussieht. (Klar – es war Mama.)
Und dann – liebe Nachwelt, du kannst es dir vielleicht vorstellen – ging das Gezeter los. Warum, wieso, weshalb, und überhaupt...., blub-blub-blub, ...Sorgen gemacht..., ...hätte sonstwas passieren können..., ...beinahe **die** Polizei eingeschaltet und so weiter und so fort.
Ich fand's ja schon fast komisch und hätte gerne mal ein

bisschen gekichert, aber dann ist Papa auf den Flur gekommen, er hat mich einfach nur angestarrt und quasi in Zeitlupe den Kopf geschüttelt. Als ob er wahnsinnig enttäuscht von mir wäre oder so...

Keine zwei Minuten später war er wieder im Schlafzimmer verschwunden, ich durfte weiter Mamas Schimpftirade auf mich **nieder**prasseln lassen und hab mich nur noch mies gefühlt. In erster Linie wegen Papa. Weil er so oberfies geguckt hat...

Jetzt muss ich, glaub ich, ein bisschen weinen. (Und dann sollte ich wohl langsam mal schlafen.)

Nachmittags:

Kann nicht gerade sagen, dass die Stimmung bei uns bombig ist. Mama ist noch in der Endphase ihres Gezeters, und Papa tut einfach so, als ob es mich gar nicht gäbe. Ich weiß ja, es war nicht die feine Art, meinen Dinos so einen Schrecken einzujagen, aber sie hätten mir die Party schließlich nicht zu verbieten brauchen.

Dabei war das Fest nicht mal der Rede wert. Es wurde zwar wie wild getanzt, und es waren auch ein paar nett aussehende Jungs anwesend, aber leider keiner, der für mich in Frage kam. (Keiner, der auch nur im entferntesten an die eine Stecknadel namens Ole rankäme...)

Und dann Kiki. Die ganze Zeit rannte sie wie aufgescheucht durch die Gegend, und immer wenn ich sie was fragen wollte, hatte sie gerade keine Zeit. Zu späterer Stunde lag sie dann mit einer Langhaargestalt zwecks irgendwelcher Knutschereien (hoffentlich ohne Folgen!) auf einer der Matratzen. Ich könnte das nicht. Gleich am ersten Abend richtig rumknutschen... (Die beiden Manu-Küsse waren die absolute Ausnahme. Schließlich hat „er" mich ja auch überrumpelt.)

PS. Ist Kiki heimlich in ihren Vater verschossen, oder wieso steht sie ausgerechnet auf so eine Langhaargestalt??

PPS. Vielleicht stimmt es ja gar nicht, dass sie auf den Richtigen warten will... Oder ist die Langhaargestalt etwa schon „der Richtige"?

Nachts:

Kann nicht einschlafen. Ob Oles KÜsschen wirklich gar nichts zu bedeuten hatte?

24. April

Schlechte Laune.
He, lass mich bitte in Ruhe, liebe Nachwelt. Wenn ich schlechte Laune habe, will ich nicht schreiben, kapiert?!

25. April

Das Leben ist super, weil...
ich eine Zwei plus in Englisch geschrieben habe. Die zweitbeste Note nach Hassputе Carmen!
DAS LEBEN IST NICHT SUPER, WEIL...
Mama und Papa mich zu einer Grundsatzbesprechung ins Wohnzimmer zitiert haben. Papa meinte, er sei ungaublich enttäuscht von mir. (Schiete! Hab ich's ja geahnt!) Ich hätte doch so viele Freiheiten, und warum ich denn ausgerechnet.... und ob ich mir überhaupt ausmalen könnte, was für eine Angst sie um mich gehabt hätten... Das ist natürlich alles richtig, aber allein aus Gründen der Ehre wollte ich nicht gleich nachgeben, sondern musste erst noch eine Weile auf meinem Standpunkt beharren.

(In Wirklichkeit bin ich nur froh, dass Papa überhaupt wieder mit mir redet hat und dass ich keine fiesen Strafaktionen aufgedrückt bekommen habe.)

Das Leben ist super, weil...

Kiki mich gefragt hat, ob ich nicht für eine Woche zu ihr ziehen wolle. Ihre Mutter ist mit ihrem Ensemble auf Gastspielreise (Dresden), und da sei die Wohnung so leer. Außerdem wären HERBERT, sie und ich auf dem Campingplatz doch ein gutes Team gewesen. Das finde ich auch, aber ob meine Dinos mir es nach der Sache mit der Party erlauben werden?

DAS LEBEN IST BESCHISSEN, WEIL...

meine Dinos mir es garantiert nicht erlauben werden. (Traue mich gar nicht erst zu fragen.)

PS. Nichts macht mich mehr fertig, als mit Papa Zoff zu haben. Denn wenn Papa stinkig ist, kann man davon ausgehen, dass er wirklich stinkig ist. Mamas Stinkeanfälle sind eher wie ein Platzregen. Heftig, aber schnell vorbei.

26. April

Keine Lust auf die Probe. Aber wenn ich nicht gehe, wird mich der Rest der Band köpfen.

PS. Habe immer mehr den Verdacht, dass wir niemals über das Niveau irgendwelcher Krach machenden Spinner hinauskommen.

PPS. Oder sind wir vielleicht doch genial?

27. April

Ich will ja nichts sagen, aber Emmy geht mir ziemlich auf den Keks. Keine Ahnung, wo die ihr Selbstbewußtsein getankt hat, aber ganz bestimmt nicht an einer stinknormalen Tankstelle.

Was besonders an ihr nervt:

♪♬ ihr divenhaftes Gehabe

♬♪ dass sie glaubt, die größte Sängerin (und Bassistin) aller Zeiten zu sein (garantiert will sie Mops ausstechen)

♪♬ dass sie ständig die Probe unterbricht, weil angeblich eine von uns falsch gespielt hat.

PS. Hilfe! Wie lange soll ich das noch durchstehen?

PPS. Mops überlegt auch stark, ob wir nicht einfach von unserem Rausschmeißrecht Gebrauch machen sollen. Nur – was ist dann mit Johanna? Wäre ziemlich blöd, wenn sie abspringt. Immerhin hat sie das Keyboard.

HEIMLICHES PPPS. (darf eigentlich niemand lesen, nicht mal die Nachwelt, deshalb schreib ich es auch auf einen Zettel, den ich wegwerfen kann.) Manchmal bin ich drauf und dran, tatsächlich alles hinzuschmeißen. Dann gibt's eben keine HONOLULU-GIRLS mehr - na und? Wenn ich gewusst hätte, dass es so verdammt schwer ist eine Band aufzuziehen, also... Mops gegenüber tue ich allerdings so, als ob alles o.k. wär.

Später:

Mama ist heute supergut drauf.

Ich weiß zwar nicht, warum, aber vielleicht ist es der richtige Zeitpunkt, um mal vorsichtig wegen dem vorübergehenden Auszug bei ihr anzuklopfen.

Soll ich??

Noch später:

Ich hab's getan! Und auch wenn du's nicht glaubst, liebe Nachwelt, meine Mama ist kein bisschen ausgerastet. Zwar war sie auch nicht gleich Feuer und Flamme, aber sie hat gemeint, sie würde die Sache mit Papa besprechen. Immerhin ein Anfang!

PS. Dass Mama heute die ganze Zeit so ein Dauergrinsen im Gesicht hatte, kann nur zwei Gründe haben: Endweder Papa hat ihr mal wieder ein tolles Kompliment gemacht oder Mama wurde von irgendwem oder irgendwas (???) angeflirtet/angebaggert. Große Frage: Kann man sich noch gegenseitig attraktiv finden, wenn man schon so lange zusammen ist wie meine Dinos?

28. April

Ein wunderschöner Frühlings-Vorsommertag, an dem ich gar keine Lust habe, groß zu schreiben. Hier ein paar Infos in Kurzform:

!!! Charlotte hat angerufen und mich angezickt, weil ich mich angeblich an Nick rangeschmissen hätte. Spinnt die jetzt total? Erstens hat Nick bei mir geklingelt, und woher weiß sie zweitens überhaupt von unserem Spontantreffen? (Hat sie bei mir eine Wanze eingebaut, oder steht sie doch noch in Kontakt zu Nick??) Irgendwie geht unsere Freundschaft immer mehr den Bach runter, und das finde ich sehr, sehr traurig.

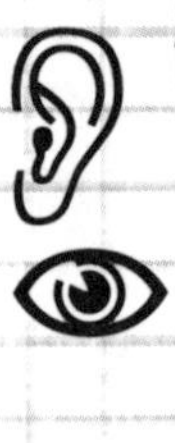

!!! Suse hat sich beim Badminton den Fuß verknackst und besteht darauf, dass wir mal wieder öfter einen Horoskopnachmittag machen. Als ob ich was dagegen haben könnte! Schließlich war sie diejenige, die wegen

ihrem Sportkram so gut wie nie Zeit hatte. (Was ist eigentlich mit ihrem angehenden Lover? Muss sie fragen...)
!!! Yippie! Wir gehen im Mai auf Klassenfahrt! Sechs Tage Wald- und Wiesen-Kreativ-Aufenthalt an einem See in der Nähe von Potsdam.

PS. Ob es jemals wieder was mit Charlotte und mir wird?

PPS. Zum Glück habe ich noch Kiki... (Das darfst aber nur du wissen, liebe Nachwelt...)

29. April

Nicht mein Tag heute.
– in meinem Ex-Schwarm Anton in der großen Pause fast in die Arme gelaufen und dachte, mein Herz würde explodieren.
– fiese Mentruationsbauchschmerzen (Mist!)
– meine Dinos glänzen durch Abwesendheit
– Kiki ist mit irgendwelchen anderen Leuten/Typen unterwegs (????)
– und zu allem Überfluss raunzt Charlotte mich an, wenn ich dichter als einen Meter an sie herankomme.
Gleich werde ich mich mit einem Buch ins Bett packen...

PS. Suse ist mit ihrem Schwarm beim Schwimmen gewesen. Die beiden haben unter Wasser Händchen gehalten, sich aber nicht geküsst. (Bin ein bisschen neidisch. Hätte auch gerne jemanden zum Händchenhalten.)

30. April

Ich glaub's ja nicht! Meine Dinos sind gar nicht mal so abgeneigt, mich eine Woche los zu sein. Allerdings – und jetzt kommt der Haken! – wollen sie Kikis Vater kennenlernen. Das kann brenzlig werden. Ich meine, welche Eltern kriegen bei Herberts Anblick nicht erst mal einen Schock?

Was meine Dinos eventuell über Herbert denken werden:

- ✗ dass er Drogen nimmt und wie ein Loch säuft (könnte auf mich, Antonia Smergo, abfärben)
- ✗ dass er morgens vor zwölf nicht aus dem Bett kommt (könnte ebenfalls auf mich abfärben)
- ✗ dass die Wohnung verlottert ist (Achtung: Verlotter-Gefahr bei Antonia Smergo!)
- ✗ dass er seine Erziehungspflichten nicht ernst nimmt und uns alles erlaubt (zum Beispiel, dass wir uns 30 tätowierte Jungs in die Bude bestellen und sie reihum abknutschen)
- ✗ dass er sich nicht vernünftig ernährt und ich nach den paar Tagen qualvoll an Vitaminmangel eingehe (was tatsächlich passieren könnte, haha!)
- ✗ dass er die ganze Nacht so laut Sweet hört, dass kein Mensch schlafen kann (Vitaminmangel + Schlafmangel = bleichgesichtige, unterernährte Toni mit Ringen unter den Augen)

EIN EINZIGES HORRORSZENARIAO!

PS. Vielleicht kann ich Herbert vor dem offiziellen Kennenlerntermin wenigstens noch dazu bringen, dass er sich die Haare abschneidet!!! Oder wenigstens die ausgefransten Spitzen begradigt!!!

1. Mai

Gott, bin ich nervös! Heute abend kommt Herbert kurz zu uns nach Hause, und wenn er bei meinen Dinos nicht durchfällt, darf ich schon morgen zu Kiki! Das wäre zwar riesig, aber ich kann mir kaum vorstellen, dass es klappen wird. (Vor dem Zelturlaub habe ich Herberts lange Haare und seinen merkwürdigen Musikgeschmack ganz elegant unter den Tisch fallen lassen...

PS. *Ich fürchte, Herbert ist nicht extra wegen meiner Eltern zum Frisör gegangen.*

Spät abends:

Liebe Nachwelt, du wirst es nicht glauben, aber ich darf morgen tatsächlich zu Kiki!!! Und zwar und zwar und zwar... weil meine Dinos Herbert genauso klasse finden wie ich!
Erst hat Mama zwar ihn zwar etwas angewidert gemustert, aber als die Sache mit den Sweet auf den Tisch kam, haben sich ihre Wangen schlagartig schweinchenrosa verfärbt und dann hat sie wie Charlotte zu ihren schlimmsten Zeiten zu kichern angefangen. Warum, wieso, weshalb? Weil sie in den Siebzigern ebenfalls ein Sweet-Fan war. Ist das nicht verschärft?
Von da an war das Eis gebrochen. Mama hat Herbert aufs Sofa gezerrt, ihm einen Zungenkuss gegeben und ihn gefragt, ob er ihr Lover sein möchte. Äh, nein, so war's natürlich nicht, aber wenn mich nicht alles täuscht, hat Mama Herbert schon ein paar Schmachtblicke zugeworfen (so auf ihre etwas verklemmte Mama-Art). Papa hat's anscheinend nicht gemerkt,

oder es war ihm egal, jedenfalls hat er immer wieder Rotwein nachgeschenkt, bis er nur noch gekichert hat. Nicht zu fassen!

PS. Statement des Tages:
Meine Dinos sind zum Glück doch keine doofen Spießer.

2. Mai

Dampfe gleich ab zu Kiki. Ich kann gar nicht sagen, wie ich mich freue! Mal raus aus dieser Familienhölle, äh, ...höhle wollte ich eigentlich schreiben. Man staune, aber ich habe zwei dicke Reisetaschen voll gepackt. Mit meinen besten Klamotten, haufenweise Schulsachen, Fotos und von Papa gesponserten Süßigkeiten. (Sponsern ist in etwa das, was Mäzene tun. Im besten Fall Geld geben. Süßigkeiten sind aber auch o.k..)

PS. Die Sache mit Kiki ist das Beste, was mir passieren kann. Wo es gerade mit Charlotte so mies läuft..

PPS. Lilli zieht jetzt doch nicht aus. Die WG, die im Gespräch war, hat sich hinter ihrem Rücken für eine andere Kandidatin entschieden.
Komisch... Dafür, dass ich Lilli eigentlich nicht ausstehen kann, freue ich mich doch ziemlich, sie noch weiter bei uns zu haben. Bin ich etwa schizophren?

PPPS.
Sophia vermisse ich manchmal ganz schön!!!

Später bei Kiki:

Musste Mama versprechen, dass ich a) jeden Tag anrufe und b) keinen Blödsinn verzapfe. (zum Beispiel jeden Abend auf Kifferpartys gehen oder so.)
Ist doch Ehrensache, Mama!!

3. Mai, nach der Schule:

Muss heimlich schreiben, weil Kiki immer wissen will, was für Geistesblitze ich so von mir gebe.
Irgendwie ist es ganz merkwürdig, hier zu sein. In einem fremden Zimmer. In Kikis Zimmer. Zwar finde ich es riesig und toll und bombastisch, aber es ist auch ein bisschen komisch. Weil es ja nicht „normal" ist, hier zu wohnen, aber das „normale" Leben trotzdem für mich weitergeht. Ich muss Hausaufgaben machen und aufs Klo gehen und mich duschen und mir was aus dem Kühlschrank holen, aber statt Mama, Papa oder Lilli laufen mir dann Herbert und Kiki über den Weg.
Richtig strange ist das.

PS. Nein, liebe Nachwelt, es ist mehr toll als strange hier! (Wenn es nur nicht manchmal in Kikis Zimmer so seltsam nach Muff riechen würde...)

PPS. Was richtig blöd ist: Ich muss mein Tagebuch vor Kiki verstecken. Schließlich will ich ja nicht, dass sie dies hier liest.
Ist es eigentlich o.k., wenn man vor einer sehr, sehr guten Freundin (der absoluten Herzensfreundin!) Geheimnisse hat? *Also, ich weiß ja nicht...*

4. Mai

Suse wollte sich heute mit mir für einen Horoskop-Nachmittag verabreden, aber ich musste sie abzuwimmeln. Hab wieder mal eine ziemlich geniale Ausrede erfunden, um sie ruhig zu stellen (Kaffeetrinken bei Addi Hering im Wintergarten. Wie oft der arme Mann herhalten muss!)
In diesem Fall finde ich aber eine elegante Ausrede besser als die Wahrheit. (Meinst du doch auch, liebe Nachwelt, oder?)
Ich glaube, Suse, Charlotte und Mops würden mir die Sache mit Kiki ziemlich übel nehmen. Also ist es besser, dass sie es gar nicht erst erfahren. Außerdem wollte Suse mir sowieso bestimmt nur die Ohren mit ihrem Schwarm vollquaken. Und da bisher gerade mal dieses Unterwasser-Händchenhalten stattgefunden hat, kann ich mir kaum vorstellen, dass neue spannende Storys zu erwarten sind...
Also... Jedenfalls... Kurzum.... sind mir die Nachmittage mit Kiki viel zu kostbar, um sie mit nichtssagenden Horoskopen zu verdaddeln. Kiki meint, ich würde Ole schon in Berlin wieder treffen. Vorausgesetzt, er habe wirklich eine Bedeutung für mein Leben. Falls nicht, würde ich ihm eben nicht über den Weg laufen, und dann das sei ja auch nur gut so.
Was wir ansonsten tun: Stundenlang auf dem Bett rumliegen, uns gegenseitig alte, vergilbte Fotos zeigen und quasseln, quasseln, quasseln. (Ich glaub, mit Kiki geht das noch viel besser als mit Charlotte...)

PS. Kiki hatte schon mit elf einen Busen. Ehrlich!

PPS.
Wenn man seinen Freundinnen etwas verschweigt, was man eigentlich sagen müsste... Ist das dann auch eine Form von Lügen?
Keine Ahnung.

PPPS. Immerhin weiß ich jetzt, dass es vollkommen in Ordnung ist Tagebuch zu schreiben und es weder Freundinnen noch Eltern oder Geschwistern zu zeigen. Tagebücher sind immer streng geheim und sollen es auch bleiben. Und wenn die Nachwelt sie liest – gut, o.k. –, das krieg ich dann ja nicht mehr mit.

5. Mai

Charlotte schleicht in der Schule um Kiki und mich herum, als hätten wir a) eine pustelige Pockenkrankheit (hochansteckend!), die aber b) unheimlich interessant zum Begaffen ist.
Widerlich!

6. Mai, abends

Der Tag heute war zwischen genial und grausam.
Die geniale erste Hälfte des Tages:
Herbert hatte seinen Bruder Peter und dessen siebzehnjährigen Sohn Bob (also Kikis Cousin) eingeladen. Mein erster Gedanke: Ach du Schreck, was redet man bloß mit einem Siebzehnjährigen? Aber das war dann zum Glück überhaupt kein Problem. (später mehr davon...) Kiki und ich haben uns schon morgens in die Küche gestellt, um so eine Art **Brunch** vorzubereiten. Nudelsalat, in Honig angebratene Hühnerfiletstückchen, marinierte Champignons etc., etc.... (Jaja! So was kann Kiki alles! Bin schwer beeindruckt.) Ich war in erster Linie für die Käsewürfel und die Knabberkram-Dekoration zuständig, während Herbert zum Getränkegroßmarkt gefahren ist und später noch den Balkon sommerfit gemacht hat. Jedenfalls... als Peter und

Bob schließlich kamen, waren wir alle Drei total **durchgeschwitzt** (Hoffentlich hat man nichts gerochen...) und außerdem noch fix und fertig. Zum Glück entpuppten sich Peter und Bob als wahre Plappertalente, sodass wir eigentlich kaum etwas sagen mussten.

Ein paar Infos zu Bob:

!!! Wie gesagt ist er schon siebzehn und macht eine Tischlerlehre. (Ob Herbert sein großes Vorbild ist?)

!!! Sein Aussehen ist eher bes~~chissen~~ (Liebe Nachwelt, solche Wörter darf ich nicht in den Mund nehmen, geschweige denn hinschreiben!) Also, er ist eher klein als groß, eher dick als dünn, eher hakennasig als schönnasig, eher wulstlippig als normallippig, aber er hat unheimlich lustige Plinkeraugen. Ich weiß, das ist jetzt eine selten dämliche Beschreibung, und wahrscheinlich kann sich auch kein Nachweltmensch was darunter vorstellen, aber wie bezeichnet man denn Augen, die blitzen und funkeln und den Eindruck machen, als hätte jemand lachende Gesichter auf die Pupillen gemalt? (Oh Gott, jetzt verrenne ich mich aber...)

Punktum, was ich nur sagen will: Bob ist einer der nettesten und lustigsten Jungs, die ich je kennengelernt habe. Ich weiß wirklich nicht, wann ich das letzte Mal so viel gelacht habe.

Frage des Tages: Kann man sich eigentlich in einen verlieben, der zum einen besch... aussieht, zum anderen aber lustige Plinkeraugen hat???

Die grausame zweite Hälfte des Tages:

Wir saßen also immer noch im Viererpack auf dem Balkon, mittlerweile bei Kaffee, Kuchen und **dröhnender** Sweetmusik, als mir siedend heiß einfiel, dass ich seit gut zwanzig Minuten Bandprobe hatte!

Ich glaub, ich hab mich gar nicht mehr richtig von

dem netten Bob verabschiedet, sondern bin wie der Blitz aus der Wohnung und rein in die U-Bahn. Mit Herzrasen, Schweißausbrüchen und einem ganz fürchterlich flauen Gefühl im Magen. Meistens trügt mein Gefühl mich ja nicht, und auch diesmal lag ich mit meinen Schweißausbrüchen nicht ganz falsch. Denn kaum kam ich in die Nähe von Addi Herings Schuppens, traf mich schon der Schlag. Irgendjemand saß offenbar an meinem Schlagzeug und spielte... viel besser als ich. Dum, dum, dumdumdum... Meine Beine wurden ungefähr so wachsweich wie damals bei Ole, und dann, als ich die Tür zum Proberaum aufgemacht habe, bin ich fast zusammengebrochen.

Die Kuh von Emmy saß an meinem Schlagzeug! Aber das war noch nicht alles. Nach und nach hörten die drei Mädels auf zu spielen und Emmy und Johanna starrten mich angewidert an, als würden Millionen blutrünstiger Insekten über meinen Körper kriechen. Mops grinste die ganze Zeit über, aber nicht nett und süß, sondern unheimlich fies. Nach zirka einer Minute hörte sie endlich auf zu grinsen und sagte mit eiskalter Stimme: Am besten, du guckst dir den Proberaum von außen an, o.k.?"

Und als ob Mops Chefin auf diesem Planeten wäre, machte ich prompt auf dem Absatz kehrt und lief zurück zur U-Bahn. Heulend, zähneklappernd und mit den Nerven wirklich am Ende.

Große Preisfrage: Ist es denn so schlimm, zweimal eine Probe zu verschwitzen? Ist das wirklich unverzeihlich? Mensch...

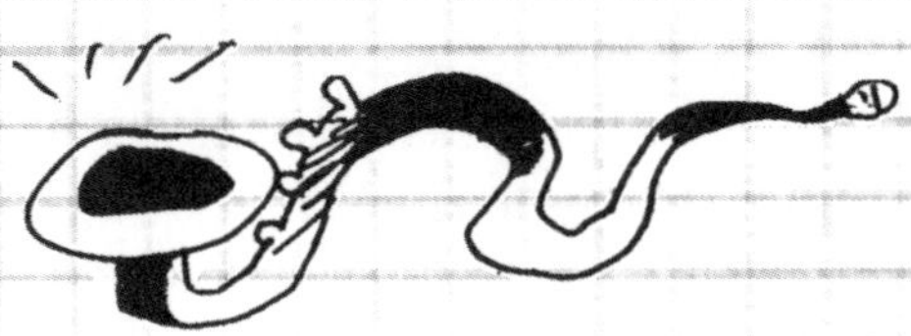

7. Mai

Liege auf meiner Matratze und lasse mich von Kiki seelisch aufpäppeln. Kiki meint, Mops sei keine richtige Freundin, wenn sie mir nicht verzeihen würde. Außerdem solle ich sie anrufen und ihr erklären, warum ich zu spät gekommen sei. Das ist aber genau der Punkt. Ich traue mich nicht! Ich habe Schiss vor meiner Freundin Mops!

Später:

Kiki ist kurz weg. Trifft sich mit einer gewissen Zoé, die die Schule geschmissen hat und Schauspielerin werden will. Keine Ahnung, woher sie sie kennt (vielleicht von ihrer Mutter?) und warum ich nicht mit darf.
Liebe Nachwelt. Ich bin nur noch ein Häufchen Elend.
Soll ich vielleicht mal Charlotte anrufen? Oder Suse? Oder Nick? Oder... mein Schwesternpack?
Moment, es klopft...

Noch später:

Eben hat Herbert mir einen Tee gebracht. Echt süß von ihm. Und dann er sich zu mir gesetzt und mich betütelt. Er meinte, Krisen seien dazu da, seelisch zu reifen. Keine Ahnung, ob Kiki ihm was von meinem Freundinnenstress erzählt hat oder wie er überhaupt darauf kommt. Vielleicht sollte das eine Aufforderung sein, ihm mein Herz auszuschütten, aber ich habe es dann doch sein lassen. Einem relativ fremden Mann in Papas Alter von seinem ganzen Herzschmerz zu erzählen, ist schon ein bisschen strange, oder?

Noch viel später:

Ich hab's nicht mehr ausgehalten und Mops angerufen. Meine Freundin Mops. Ich dachte jedenfalls immer, sie sei eine und dass Freunde auch verzeihen können. Aber da hab ich mich wohl getäuscht. Unser Telefonat ging ungefähr so:

Ich, ziemlich kleinlaut: Sorry, Mops, tut mir Leid, ich...

Mops, barsch und wortschwallmäßig: Es ist schon das zweite Mal, dass du uns so mies hängen lässt! So geht es nicht, Toni! So kann man keine Band aufziehen! Du nimmst die Sache ja gar nicht ernst! Musst nur sagen! Wir finden schon eine neue Drummerin!

Ich war so geplättet, dass ich gar nichts mehr erwidern konnte und nur damit beschäftigt war meinen Tränenkloß zu unterdrücken. Irgendwann habe ich dann einfach aufgelegt, mich auf die Matratze geschmissen und nur noch geheult.

PS.

Das absolut Schlimmste an der Sache ist: Mops hat Recht. Sie hat verdammt noch mal Recht!

8. Mai, vor der Schule:

Meine Zeit bei Kiki läuft so wahnsinnig schnell, dass ich kaum hinterherkomme. Morgen um diese Zeit ist schon wieder alles vorbei. Das finde einerseits schade, weil ich mich so super mit Kiki verstehe, andererseits freue ich mich schon wieder auf mein eigenes Bett!

Nach der Schule:

Es ist zum Verzweifeln...

Ich will nach Hause! Nur noch in mein Bett! Packe jetzt meine sieben Sachen...

Später zu Hause:

Ich kann nicht gerade behaupten, dass das Leben zur Zeit hitverdächtig ist. Ich finde es eher zum Abgewöhnen und auf keinen Fall zum Weiterempfehlen. Und Kiki ist mir auch keine große Hilfe bei meinem Kummer. Aber der Reihe nach:

1) Komme heute morgen in die Schule und sage Mops hallo, aber die guckt tatsächlich einfach durch mich hindurch und stolziert mit Wackelarsch an mir vorbei in die Klasse. Mein Entschuldigungsanruf bei ihr hat also gar nichts gebracht.

2) Gehe kurz darauf in die Klasse, und was sehe ich? Charlotte und Suse haben sich von mir wegsetzt, um sich gemeinsam mit Mops an einen Zweiertisch zu quetschen. Ist das denn die Möglichkeit? Ich war erst mal so schockiert, dass ich weder was sagen noch was fragen konnte. Habe die ganze Englischstunde über lautlos in mich hineingeflennt, mich nicht am Unterricht beteiligt und mich vor der Pause gefürchtet.

3) Kaum dass es geklingelt hat, sind Suse, Mops und Charlotte im Dreierpack aus der Klasse gerannt. Keine Chance mit ihnen zu reden.

4) In der großen Pause habe ich es endlich geschafft, mich ihnen in den Weg zu stellen und sie zu fragen (mutig, mutig!), was denn los sei. „Toni, was willst du eigentlich von uns?", meinte Mops nur. „Geh doch zu deiner Kiki." Dann hat sie Charlotte und Suse mit sich fortgezogen.

5) Bin also daraufhin tatsächlich mit Kiki zu den Mülltonnen hinter der Turnhalle gegangen, um mich ein bisschen bei ihr ausheulen, aber kaum hatte ich damit angefangen, musste Kiki mal ganz kurz und vor allem *dringend* weg. Von wegen ganz kurz! Sie hat sich die ganze Pause über nicht mehr blicken lassen!

Warum ist jetzt auch noch Kiki komisch zu mir? Was habe ich denn bloß verbrochen?

PS. Ich heule und heule. Bin eine richtige Heulsuse. Desaströs!

PPS. Das einzig Schöne an der Sache ist, dass ich endlich wieder in meinem eigenen Bett liege. Hm..., mein Kopfkissen riecht so gut. Irgendwie nach Pizza. Nee, scusa, der Geruch kommt ja von unten. Papa hat zur Feier des Tages Pizza mit irgendwas gemacht.
Mensch, bin ich froh wieder bei meinen Dinos und bei Lilli zu sein! Nur dass Papa sich einen Bart stehen lässt, finde ich blöd (sieht zum Fürchten aus).

9. Mai

Am liebsten würde ich Mama einen dauerhaften Bart à la Papa verpassen!
Und zwar und zwar und zwar... weil sie bei Charlottes Mutter die Sache mit meinem vorübergehenden Umzug zu Kiki gepetzt hat. Jetzt wird mir so einiges klar... Charlottes Mutter hat es Charlotte gesteckt, Charlotte wiederum Mops und Suse, und jetzt sind all meine besten Freundinnen superstinkig auf mich!
Alles verbockt! ALLES! Suse will jetzt bestimmt keine Horoskopnachmittage mehr mit mir machen, Charlotte hat eh die Nase voll von mir, und Mops verschweigt mir die nächste Bandprobe. (Und ich wette, eine neue Bandprobe ist längst angesetzt!)

Später:

Es ist zum Heulen. Wirklich zum Heulen!
Habe eben Kiki angerufen... Weil ich dachte, es wäre doch nett sich zu treffen... Aber Madame hat keine Zeit...

Warum denn nicht, herrje nochmal? Ob das irgendwie mit dieser Möchtegernschauspielerin zusammenhängt? (Wie hieß die noch gleich? Ach ja, Zoé.)

PS. *Habe ein ganz dumpfes, dunkles, mieses Gefühl…*

PPS. *Wer bleibt mir eigentlich noch in meinem so verbockten Leben? Meine Dinos? Mein Schwesternpack? Nick??? Herbert ??? Wie gerne würde ich in diesem Moment mit einem Ole oder Bob zusammen sein! Oder einfach gemeinsam mit Nick ein bisschen unser Klo schrubben.*

10. Mai

Die Klassenfahrt rückt näher und näher, und soll ich dir was sagen, liebe Nachwelt? Es graut mir davor! Wie soll man sich verhalten, wenn die (ehemals?) drei besten Freundinnen alle gleichzeitig sauer auf einen sind? Was soll man sagen? Wo soll man sich hinsetzen? Und wohin soll man gucken?

Oh je! Warum hat mein Schicksal es nicht so eingerichtet, dass Kiki in meine Klasse geht?!

PS. Soll ich mich aus lauter Frust vielleicht Hassputе Carmen verbünden? Nee. So weit kommt es noch!

Heimliches PPS. Vermiss euch so!

11. Mai

Aus lauter Freundinnen-Frust habe ich vorhin bei Nick geklingelt. Nick, mein Rettungsanker in der Not, meine alte Liebe, mein Freund fürs Leben, Nick forever! (Lilli würde jetzt sagen, ich sei pathetisch.)

Zum Glück war Nick auch zu Hause, weder hatte er

was mit einer gewissen Zoé vor, noch war er gerade sauer auf mich. Absolut günstige Voraussetzungen. Und stell dir vor, liebe Nachwelt, ohne dass ich groß was sagen musste, hat er mich in die Küche geschubst und mir einen Orangensaft ausgepresst. Ich war so glücklich darüber, dass ich ihm angeboten habe, sein Klo zu putzen, aber da hat er nur gelacht und gemeint, das bräuchte ich nicht zu tun, das wäre doch eher sein Job bei uns in der Wohnung. (Liebe Nachwelt, ich werde Nick nie wieder zum Klo putzen abkommandieren! Das meine ich ganz ehrlich!)
Wir haben uns dann mit dem leckeren Orangensaft in sein Zimmer verzogen, und Nick hat mir alle möglichen neuen Computerspiele gezeigt. Kein Wort über Charlotte – genau wie beim letzten Mal.
Fand ich aber o.k.. Schließlich hab ich auch nichts vom dem üblen Mops-Charlotte-Suse-Dreierpack verlauten lassen. Und von Kiki auch nicht (weder dass ich sie so mag noch dass sie letzter Zeit irgendwie komisch ist).

PS. Bei Nick habe ich manchmal das Gefühl, dass wir uns verstehen, ohne dass viel rumgeredet werden muss. Das finde ich super!

Später:

Bin so wahnsinnig deprimiert. Und einsam. Und sauer auf Kiki, die eben schon wieder nicht zu Hause war. (Möchte wirklich mal gerne wissen, wo sie immer steckt.) Ich glaube, ich ruf mal Sophia an. Ach nee, geht nicht. Die ist ja noch bei der Arbeit.

Noch später:

Es ist schon übel, wenn man niemanden zum Ausheulen hat. O.k. – vorhin war Nick für kurze Zeit fast so etwas wie eine Freundin, aber eben nur FAST. Freundinnen haben im Gegensatz zu Nick doch einige Vorteile. Zum Beispiel:

a) Freundinnen kann man alles erzählen, und sie erzählen einem alles.

b) Man kann mit ihnen über alles kichern.

c) Freundinnen nehmen einen in den Arm, wenn's einem mies geht und trösten einen.

d) Vor Freundinnen kann man sich nackt ausziehen, ohne sich zu genieren. (Das geht bei Nick nun wirklich nicht!)

e) Freundinnen liebt man, aber man will und muss sie deshalb nicht gleich auf den Mund küssen.

f) Im Regelfall lieben Freundinnen einen zurück (außer bei mir im Moment).

PS. Fazit: Ohne Freundinnen ist das Leben richtig ~~beschissen~~

PPS. Weißt du was, liebe Nachwelt? Gerade habe ich beschlossen, all meine Gefühle einfach auzuradieren. Vielleicht geht's mir dann besser.

12. Mai

Schule war heute o.k.. Charlotte, Mops und Suse sitzen zwar immer noch zusammengequetscht an ihrem Zweiertisch, aber ich tue so, als ob mich das gar nicht weiter interessiert und beteilige mich um so mehr am Unterricht.

Ich hätte es selbst nicht geglaubt, aber es haut hin! Meinem Gehirn gebe ich einfach den Befehl, jetzt Unterricht, alle Gefühle bitte abschalten!, und – oh Wunder – wie ein Computer befolgen meine kleinen, grauen Zellen meine Anweisungen. Und nicht, dass ich nur Blödsinn von mir gebe, nein! Es sind richtig superschlaue Dinge, die ich da laut und deutlich in die Klasse posaune, und ich wette, das Dreiergespann Charlotte-Mops-Suse ist ganz schön neidisch auf mich.

Wenn ich so weitermache, kann ich mein Zeugnis vielleicht noch etwas aufpolieren.

PS. *Yippie! Kiki hat mich gefragt, ob ich nach der Schule zu ihr komme!*

Später:

Mann... Wie soll ich sagen... Ich hab ja noch gehofft, ich hätte mir alles nur eingebildet, aber es ist wirklich anders zwischen Kiki und mir geworden. Und das Schlimme daran: Ich habe keine Ahnung, wieso.

Mensch... Wir haben uns doch so super verstanden damals beim Zelten und auch als ich letzte Woche bei ihr gewohnt habe. So gut wie alles haben wir uns erzählt, wir haben zusammen gegackert, und nachts habe ich Kikis Atem gehört und mich darüber gefreut, dass sie da ist.

Und jetzt? Ich weiß nicht... Auch wenn es die gleiche Kiki ist, kommt sie mir irgendwie fremd vor. O.k., manchmal ist sie ganz normal, sie strahlt mich an und erzählt mir irgendeine (blödsinnige, lustige, verrückte) Geschichte, aber dann wirkt sie plötzlich so... abwesend... Fast wie von einem anderen Stern.

Beinahe hätte ich sie gefragt, was denn eigentlich los ist, aber dann habe ich mich doch nicht getraut.

PS. Am besten lasse ich Kiki erst mal eine Weile in Ruhe.

?

Vorm Einschlafen:

Sophia ist wirklich die beste Schwester der Welt. Das hat viele Gründe. Einige davon sind:

☞ als einzige in unserer Familie kann sie asiatisch kochen. (was sie heute Abend mit einem süß-sauren Hühnertopf bewiesen hat)

☞ als einzige in unserer Familie hört sie mir richtig zu. Ich mein, sie sieht mich nicht nur an und lässt mein Gequassel an sich *vorbeirauschen,* sondern registriert jedes einzelne Wort, und wenn ich zu Ende gesprochen habe, gibt sie meistens irgendeinen klugen Kommentar ab, der mir bestenfalls auch weiterhilft. Zu Kiki meinte sie, ich solle sie auf keinen Fall in Ruhe lassen, sondern sie ansprechen und sie fragen, was los sei. Das wäre doch nur normal unter Freundinnen.

Was die anderen drei Knalltüten-Freundinnen angeht, war Sophia allerdings knallhart. Ich hätte mich nicht gerade sehr „korrekt" verhalten, also wäre es auch an mir, mich zu entschuldigen.

Gut, ich kann mich dafür entschuldigen, dass ich nicht zur Bandprobe gekommen bin, aber muss ich mich auch dafür entschuldigen, dass ich eine neue Freundin habe? Steht auf so ein Vergehen etwa Gefängnis?

☞ als einzige in unserer Familie hat Sophia immer Süßigkeiten vorrätig. (Und ich darf auch noch davon essen!)

☞ als einzige in unserer Familie hat sie nichts dagegen, wenn ich ungefragt den Fernseher anstelle und wahllos durch die Kanäle zappe.

PS. *Neuerdings nennt Sophia mich manchmal Prinzessin auf der Erbse. Hm... Nicht gerade schmeichelhaft. (Ob da etwa was Wahres dran ist?)*

13. Mai

Liebe Nachwelt: Alles ist so furchtbar! Ich weiß nicht mehr weiter! Mag nicht schreiben! Mag nicht essen! Mag nicht für die Klassenfahrt packen. Mag gar nichts!

PS. Ich verstehe die Welt nicht mehr...

PS. Was ist die Steigerung von Heulsuse? Weltuntergangs-Toni???

14. Mai

Wie kann man nur so fies, so gemein, so... so brutal sein?! War das wirklich Kiki! Die Kiki, die ich kenne? Tschuldigung, liebe Nachwelt, du weißt ja noch gar nicht, was passiert ist. Auch wenn es mir schwerfällt, es hinzuschreiben, aber es muss sein...

Bin also gestern zu Kiki rüber, um sie zu fragen, was denn eigentlich los ist. So wie Sophia es mir geraten hatte. Gut, vielleicht war es ein Fehler, vorher nicht anzurufen, aber ich dachte mir, Kiki ist doch meine Freundin, und ich finde nichts normaler, als einfach unangemeldet bei ihr, meiner (besten???) Freundin, reinzuschneien...

Ich klingele also bei Wiszeks, kurz darauf macht ihre Mutter auf. Sie freut sich richtig mich zu sehen (Shake-Hands, Küsschen, links, Küsschen rechts) und meint, ich solle ruhig ein paar Mal bei Kiki klopfen, sie habe sich zwar eingeschlossen, würde aber nur Hausaufgaben machen. O.k., denke ich, klopfst du eben ein paar Mal bei Kiki, aber kaum habe ich es ein Mal getan, schnauzt sie in einer Lautstärke, dass es in der ganzen Wohnung zu hören sein muss: „Verpisst euch doch!“

„Hey, Kiki, ich bin's!", rufe ich, und kurz darauf öffnet sie tatsächlich. (Meine Beine sind inzwischen gummiweich, kannst du dir vorstellen, liebe Nachwelt.) Merkwürdig sieht Kiki aus, weiß geschminkt mit schwarzumrandeten Augen, und sie guckt mich so angwidert an, als sei ich für sie so etwas wie eine Hasspute Carmen.

Das war es dann. Der Anfang vom Ende. Und ich glaub, ich hab's in dem Moment auch schon gewusst. Ich marschiere also rein mit meinem dumpfen, mulmigen Gefühl und pflanze mich auf den Teppich, dorthin, wo vor kurzem noch meine Übernachtungsmatratze gelegen hat.

„Was zu trinken?" fragt Kiki. Ich nicke, weil mein Mund sich auf einmal wie eine Dörrpflaume anfühlt.

Kiki geht raus, Zeit, einmal tief durchzuatmen, da fällt mein Blick auf einen ganzen Stapel Bücher auf ihrem Bett. Hexen, Geisterbeschwörung, Teufelsanbetung – lauter so verrücktes Zeug. (War mir völlig neu, dass Kiki sich für so was interessiert...)

Als sie wenig später mit zwei Gläsern Wasser zurückkommt, tue ich, als hätte ich die Bücher gar nicht gesehen und die ganze Zeit nur (gelangweilt?) an meinen Fingernägeln geknabbert.

„Kannst du nicht vorher anrufen?" fragt Kiki. Ihre Stimme klingt mittlerweile wieder etwas sanfter, wenn auch immer noch nicht ganz normal.

„Tut mir leid. Ich wollte nur..."

„WAS?"

„Ich weiß nicht, aber... Ich finde nur..., du bist in letzter Zeit so... anders."

Kiki steht auf und betreufelt in aller Seelenruhe ihren Kaktus mit Wasser.

„Und DU kannst manchmal eine ganz schöne Nervensäge sein. Weißt du das eigentlich, Toni?"

Ich schlucke und schlucke, aber der dicke Kloß in meinem Hals will sich einfach nicht runterschlucken lassen. Keine Ahnung, was ich dann sage, ob ich überhaupt irgendwas sage, denn plötzlich prasseln die gemeinen Wörter und Sätze nur so auf mich ein. Wie ein Klette wäre ich manchmal, keinen Schritt könne sie alleine tun, ohne dass ich an ihrem Rockzipfel hängen würde, schon beim Zelten habe sie das gemerkt und jetzt diese Woche... Ich sei doch nicht ihr Eigentum, sie habe überhaupt keine Lust, sich zu rechtfertigen, wenn sie sich mit irgend jemandem treffen wolle, und im übrigen *sei* sie auch nicht meine Mama, die mir den Hintern abputzen müsse.
Solch gemeine Sachen hat Kiki zu mir gesagt!!
Und ich?
Ich kapiere erst mal gar nichts mehr. Bei Charlotte, Suse und mir war es immer völlig normal, jede freie Minute zusammen zu sein. Da hat sich keine wie meine Mami gefühlt, die mir den Hintern abputzen muss!

PS. Ich glaube, ich schwänze die Klassenfahrt. Sage Mama einfach, dass ich krank bin.

Später:

Mama ist eben reingekommen, weil sie meine Heulerei mitbekommen hat. Großer Mist – wieso hockt sie eigentlich nicht mehr wie sonst immer in ihrem Büro? Ich weine nämlich nicht gerne vor Publikum, abgesehen davon kann ich Mama jetzt nicht mehr weismachen, dass ich Bauchweh habe und deshalb zu Hause bleiben muss.
Und weil sowieso schon alles so vermurkst war, hab ich ein bisschen was von der Sache mit Kiki angedeutet.

„Mein armes Mädchen", hat Mama gemeint und mich in den Arm genommen. Das war zwar ganz lieb von ihr, hatte aber zur Folge, dass ich wie ein Baby losflennen musste. Später hat Mama mir meine Lieblingsplätzchen geholt und gesagt, die Klassenfahrt werde mich bestimmt ablenken. Liebe Nachwelt, ich wünsche dir ja einiges, aber nicht so eine elendige RIESENKACKE, wie ich sie gerade erlebe. (Ist mir ziemlich wurscht, dass ich jetzt so ein Wort hingeschrieben habe. Kommt jetzt auch nicht mehr drauf an.)

Vorm Einschlafen:

Mama hat mir geholfen, meine Tasche zu packen. Vielleicht ist mir morgen ja so schlecht, dass ich einfach nicht aufstehen kann.

15. Mai

Mir ist tatsächlich kotzübel. Das kommt daher, dass ich im Bus sitze und statt mir die Bilderbuchlandschaft draußen anzugucken, schon seit fünfzehn Minuten auf meine Eintragungen vom 14. Mai starre.
Bevor ich noch das ganze Heft vollkotze, notiere ich lieber schnell meine neuesten Erkenntnisse:
A) Kiki ist eine ganz blöde Kuh. Das habe ich mir heute Vormittag vorgenommen über sie zu denken. Jetzt denke ich in einer Tour: Kiki ist eine blöde Kuh, Kiki ist eine blöde Kuh, Kiki ist eine saublöde Kuh...
B) Charlotte, Suse und Mops sitzen in der hintersten Bank und gackern extra laut. Ich sitze alleine. Aber das ist eigentlich nur gut so. (Falls ich gleich kotzen muss.)
C) Alle scheinen sich blendend zu amüsieren. Dass ich mich überhaupt nicht amüsiere, fällt niemandem auf. Nicht mal dem Freudenspender und Frau Deny...
C) Oh, Gott, ich glaub...

Später:

Das Zimmer, in dem ich mich gerade befinde, ist furchtbar (karg, kalkig und kalt), das Bett auf dem ich sitze, ist furchtbar (hart und pritschig, Spiralen, die sich einem in den Hintern bohren) und das Leben, das ich gerade lebe, ist ebenfalls furchtbar (einsam und so *fies!*).
Vorhin musste ich tatsächlich kotzen. Schrecklich! Zum Glück konnte ich den Busfahrer noch in letzter Sekunde dazu bringen, auf dem Seitenstreifen zu halten, aber – liebe Nachwelt – es ist wirklich kein erhebendes Gefühl, unter den Blicken der ganzen Klasse aus einem Bus zu sprinten, eine ideale Gebüschstelle auf dem Seitenstreifen einer Autobahn aufzusuchen und zu k... Als ich wieder zurück in den Bus kam, hat irgendjemand ganz laut losgekichert (Charlotte?), und einer der Jungs hat einen reichlich blöden Kommentar abgelassen (Wo denn auf einmal dieser eklige Gestank herkäme oder so...).
Immerhin war Frau Deny total nett zu mir. Sie hat sich neben mich gesetzt, meine Hand gehalten und gefragt, ob sie irgendetwas für mich tun könne.
Moment, ich...

Später:

Gerade musste ich mein Tagebuch verstecken, weil Mops ins Zimmer gekommen ist. Ich hätte sie ja gerne gefragt, was mit unserer Band ist und ob sie mich etwa, ohne dass ich davon weiß, rausgeschmissen hat, aber da Mops so tut, als sei ich unsichtbar, kann ich es mir wohl ersparen, sie anzusprechen.
(Die redet doch nicht mit Luft.)

Was ich nur noch schnell aufschreiben wollte, bevor wir uns auf unsere Arbeitsgruppen verteilen: Der Freudenspender hat Charlotte, Mops, Suse und mich in ein Zimmer gesteckt. (Ist ja klar... Da wir bisher auch immer zusammen gegluckt haben...) Für mich ist es allerdings die Hölle. Es scheint, als hätten die Drei ein Abkommen geschlossen: Es gibt keine Toni Smergo, und es hat auch niemals eine gegeben.

Bitter...

PS. Ich gäbe einiges drum, mit Hassputе Carmen in einer Gruppe zu sein.

Vorm Einschlafen:

Schreibe heimlich und mit Taschenlampe unter der Bettdecke, damit sich die Damen nicht von einer eigentlich unsichtbaren Toni Smergo belästigt fühlen. Meine Arbeitsgruppe finde ich eigentlich ganz o.k.. Heute Nachmittag haben wir uns alle möglichen Kunstwerke auf Dia angesehen. Skulpturen von einer gewissen Camille Claudel und Seerosenbilder von Monet. Zum Glück ist keine meiner zickenhaften Ex-Freundinnen in die Kunstgruppe gegangen. Mops und Charlotte spielen Theater, und Suse (lach, kicher...) hat sich der Dichtergruppe angeschlossen.

Nachts:

Kann nicht einschlafen. Immer wenn ich die Augen zumache, muss ich an Kiki denken und daran, wie gemein sie zu mir war. Und wenn ich mich zwinge, nicht an sie zu denken, denke ich an Charlotte, Suse und Mops, die über, unter und neben mir röcheln.

16. Mai

Mittagspause. Am liebsten schreibe ich auf dem Klo. Dort, auf meiner Klobrille, muss ich wenigstens keine Suses, Charlottes und Möpse sehen.

PS. Mops wird seit ihrer Cremeschnittendiät immer fetter. Ha-ha-ha!

Später:

Frau Deny hat es uns überlassen, ob wir malen oder bildhauern wollen. Ich hab mich spontan für die Bildhauerwerkstatt entschieden. (Ist für mich was völlig Neues, und falls es in die Hosen geht, kann ich mich wenigestens guten Gewissens als *frustrierte Jungfer* bezeichnen.) Bin gerade dabei eine weibliche Büste aus Ton zu formen. Bislang sieht sie noch ziemlich verwurstet aus, aber was nicht ist, kann ja noch werden... (Vielleicht werde ich ja eine zweite Camille-Irgendwas.

Vorm Abendbrot:

Weißt du, was eben passiert ist, liebe Nachwelt? (Nee, kannst du nicht... Woher solltest du auch?)
Also: Nach Unterrichtsschluss setze ich mich auf eine Bank am See, um über mein so trauriges und missratenes Leben nachzudenken, und wer hockt sich einfach neben mich? HASSPUTE CARMEN!
Die fehlt mir noch, die Kuh, denke ich, da quatscht sie mich einfach an und fragt mich mit zuckersüßem Stimmchen, was denn eigentlich zwischen mir und meinen drei Dauerfreundinnen los sei.

Ja, was ist denn zwischen mir und den drei Kühen los? Und geht Hasspute Carmen das vielleicht was an? Eindeutige Anwort: nein! Es geht sie einen Dreck an!
Doch wie es der Teufel will, kann ich mal wieder mein Plappermaul nicht halten. Mache erst nur ein paar Andeutungen, so von wegen, dass es ja auch beste Freundinnen mal ein wenig Abstand voneinander nötig hätten, aber das kauft Hasspute Carmen mir nicht ab. (Schlau, schlau, was?) Sie bohrt und bohrt, und irgendwann bin ich so weich geklopft und schwach, dass ich ihr den ganzen Mist von A bis Z erzähle. Wie es mit Kiki losging, wie ich angefangen habe, meine drei Dauerfreundinnen zu vernachlässigen und auch das unschöne Ende mit Kiki lasse ich nicht aus.
Hasspute Carmen hört die ganze Zeit über mit ernster Miene zu (reichlich Stirnfalten, zusammengepresster Mund), und als ich fertig bin, meint sie nur: „Schöne Scheiße."
Schöne Scheiße. Genau mein Reden! Eine Weile starren wir beide auf den See, und jetzt kommt's, liebe Nachwelt. Hasspute berührt kurz meine Schulter, sieht mich an und sagt, sie würde mir gerne helfen, aus dem Schlamassel rauszukommen.
Ist das nicht unglaublich? Völlig verrückt, aberwitzig und strange?
Und was antworte ich? „Ja. Gerne." Einfach nur „Ja. Gerne."
Ich glaub, ich bin wirklich bescheuert.

PS. Große Frage: Wie will Hasspute Carmen mir denn bitteschön helfen?

PPS. *Ich denke, ich werde auch mit Hasspute Carmens Hilfe nichts bei Charlotte, Mops und Suse bewirken können. Eher im Gegenteil. Denn wenn ich mich jetzt öfter mit unserer Klassenschönheit blicken lassen, denken die drei Puten doch, dass sie eine neue Kiki für mich ist, was natürlich nicht stimmt. Hasspute Carmen ist nur netter, als ich gedacht habe, das muss wirklich mal laut gesagt (oder besser: hingeschrieben) werden. (Oder ist sie gar nicht richtig nett, sondern spielt nur irgendein mieses Spiel mit mir?)*

Detektivin Toni, bleib wachsam!

17. Mai

Irgendwie fühle ich mich schon besser. (Wahrscheinlich weil es überhaupt jemanden gibt, der mal mit mir redet...) Hasspute Carmen hat mir heute gestanden, dass sie mich immer um meine Freundinnen beneidet habe. Sie selbst hatte noch nie so eine richtige Busenfreundin. Kein Wunder, hätte ich ihr fast geantwortet, wer als blasierte Hasspute durch die Gegend läuft, ist bei anderen Mädchen eben nicht sehr beliebt, aber erstens habe ich mich nicht getraut, und zweitens war ich mir nicht mehr so ganz sicher, ob sie wirklich jemals eine blasierte Hasspute gewesen ist oder ich (beziehungsweise wir alle) das nicht nur in sie hineingedichtet haben. (Könnte ja sein, oder?)

PS. Als Hasspute Carmen und ich vorhin am Frühstückstisch saßen, ist Charlotte ganz dicht an uns vorbeigegangen und hat gemurmelt: „*Gleich und gleich gesellt sich gern.*"

Schiete.

PPS.
Ich glaub, Hasspute Carmen spielt kein mieses Spiel mit mir.
Sonst würde sie mir doch nicht einfach so ihr Herz ausschütten.

Später:

Meine Frauenbüste nimmt langsam Form an. Ein bisschen sieht sie aus wie Mops. Wenn alles glatt läuft, werde ich heute noch eine zweite anfangen. (Die erste taufe ich MOPS – *oder wie es ist, alle besten Freundinnen auf einen Schlag zu verlieren.)*

PS. Hasspute Carmen meinte, ich sollte Charlotte, Suse und Mops Entschuldigungszettel bzw. -briefe schreiben und die Drei zwecks Aussprache an den See bestellen. Dort sei es so lauschig und romantisch, da müssten sie mir einfach verzeihen.

Weiß nicht... Ist das nicht ein bisschen kindisch?

18. Mai

Mittlerweile weiß ich gar nicht mehr, ob ich mich mit dem Puten-Dreiergespann versöhnen will. So wie die sich aufführen! Als wären sie Halbgöttinnen, die die Erde regieren, und alles niedertrampeln dürfen, was nicht zu ihrem Fußvolk gehört.

Heute morgen, zum Beispiel: Ich will gerade in eine Klokabine gehen, da schubst mich Charlotte einfach zur Seite und presst sich vor mir in die Kabine. Später mit Mops die gleiche Rempel-Nummer vorm Waschbecken. Fast hätte ich ihr eine gescheuert.

Ob die beiden sich abgesprochen haben?

19. Mai

Meine zweite Büste ist fertig und kommt gleich in den Brennofen. Sie heißt Hasspute Charlotte (wegen der relativ langen Haare). Hasspute Carmen hat sich über den Titel kaputtgelacht. Wie gut, dass sie nicht weiß, wie ihr eigentlicher Name lautet.

PPS. Es wäre an der Zeit, Hasspute Carmen einen neuen Namen zu verpassen. Andererseits bin ich so auf ihren alten Namen eingeschossen, dass ich mich gar nicht mehr umstellen kann.

Nach dem Abendbrot.

Im Speisesaal stellen gerade alle ihre (fast fertigen) Arbeiten vor, aber ich habe keine Lust runterzugehen. Und es kommt auch niemand auf die Idee, mich mal zu holen. (Nicht mal Frau Deny...) Später soll dann noch eine Party steigen. Interessiert mich aber nicht, denn nichts ist öder, als mit den eigenen Klassenkameraden tanzen zu müssen.

Zwei Minuten später:

Eben war Charlotte kurz im Raum, um sich eine Haarspange zu holen, und weißt du was, liebe Nachwelt? Ich habe sie dabei ertappt, wie sie mich kurz angelächelt hat. (Allerdings wirklich nur sehr, sehr kurz!) Danach hat sie sofort wieder ihr Griesgramgesicht aufgelegt und ist raus aus dem Zimmer. Trotzdem... Ich wette, sie mag mich doch noch ein bisschen. (und ich sie eigentlich auch...)

PS. Morgen fange ich noch schnell eine dritte Büste an. Sie wird heißen: SUSE – **oder wie viele Stunden künstlerischer Betätigung braucht es, um seinen Frust abzuarbeiten.** (In das Gesicht werde ich diesmal ganz viele Pickel formen. Falls das überhaupt geht...)

PPS. Kann sein, dass du mir nicht glaubst, liebe Nachwelt, aber im Grunde meines Herzens möchte ich mich um jeden Preis wieder mit dem Puten-Gestirn versöhnen. Mensch! Was wir schon alles zusammen erlebt und durchgestanden haben!

PPPS. Wenn ich an Kiki denke, wird mir immer noch ganz flau im Magen (inklusive Herzziehen und Darmgrummeln). Trotzdem glaube ich, dass ich mich nie wieder mit ihr versöhnen könnte. Dafür war sie einfach zu gemein zu mir.

Fiese Kuh...

PPPPS. *Glaub, ich gehe doch mal runter auf die Veranstaltung.*

20. Mai, nach dem Aufwachen:

Letzter Tag heute. Was gestern noch alles passiert ist:

a) Die große Vorstellung unserer Kreativ-Werke hab ich nur noch zur Hälfte mitgekriegt. So bin ich jedenfalls drum herumgekommen, mir Suses dichterische Versuche anhören zu müssen. Was Charlotte und Mops in ihrem Mini-Sketch gebracht haben, war eher..., na ja, sagen wir mal... zum Davonlaufen.

b) Habe später ganz viel mit Hassputе Carmen getanzt, was (naturgemäß) zur Folge hatte, dass sämtlich Pickelfaces aus unserer Klasse um uns herum waren. Nur interessiert mich leider keiner von denen.

c) Charlotte, Suse und Mops lungerten die ganze Zeit am DJ-Pult rum (Kai hat aufgelegt) und fanden sich wohl zu cool, um sich mal zu amüsieren.

d) Hasspute Carmen hat mich in unseren Tanzpausen auf so nervtötende Weise bearbeitet, dass ich tatsächlich noch nachts auf dem Klo die Entschuldigungsbriefchen geschrieben habe. Werde sie gleich, wenn das Puten-Gestirn im Duschraum veschwunden ist, in ihre Hosen- bzw. Jackentaschen stecken. (in der Hoffnung, dass sie sie auch finden!) Ich habe die Drei für zwei Uhr an den See bestellt. (Egal, ob's kindisch oder albern oder sonstwas ist...)

e) Hilfe, ich bin so wahnsinnig aufgeregt!! Geradezu herzinfarktgefährdet!

f) Hasspute Carmen ist immer netter zu mir. Nix von wegen hinterhältig oder so...

Kurz vorm Mittagessen:

Ich glaub, mein Herz dreht gleich durch und springt mir aus der Brust... (Das kannst du mir ruhig glauben, liebe Nachwelt!)

Nachdem ich heute meine dritte Pickelgesicht-Büste husch, husch beendet habe (eigentlich ist es nur ein ziemlich verwursteter Klumpen geworden), bin ich auf die glanzvolle Idee gekommen, alle drei Büsten den jeweils lebendigen „Modellen" zum Zeichen der Versöhnung zu schenken. (Eigentlich sollte Mama sie ja zum Geburtstag kriegen, aber – liebe Mama – du wirst schon verstehen, dass diese Sache hier jetzt wichtiger ist. (Ein Geschenk für Mama kann ich mir immer noch überlegen.)

PS. Hoffentlich kommen die Drei überhaupt... (Wäre ja schon super, wenn überhaupt nur eine auftauchen würde.)

???

PPS. ♥-Klopfen!

Früher Abend, im Bus:

Mir ist zwar wieder kotzübel und mein Fuß tut so verdammt weh, aber ich bin glücklich.
Warum? Jaja! Das möchtest du wohl wissen, liebe Nachwelt!
Aber ich bin ja gar nicht so und notiere einfach der Reihe nach, was passiert ist:

Kapitel eins.
Eine Verkettung ungeheuerlich blöder Ereignisse:

Nach dem Mittagessen habe ich die drei Bestechungsbüsten (die leider noch nicht ganz getrocknet waren) in einer Plastiktüte verstaut und bin runter zum See. Auf ziemlich wacklig, aufgeregten Beinen. Dummerweise war ich derart aufgeregt, dass ich dringend mal ins Gebüsch zum Pinkeln musste (Gibt keine Toiletten mitten im Grünen!). So weit aber noch kein Problem. Doch kaum hatte ich die Büsten vorsichtig auf einem Baumstumpf abgelegt, die Hosen runtergelassen und zum Pinkeln angesetzt, spürte ich einen Luftzug an meinem Hintern, gleich darauf etwas Feuchtes, dann hörte ich nur noch Geschnaufe, Getrampel und meine eigenen Schreie. Du kannst dir vorstellen, liebe Nachwelt, dass ich nichts Besseres zu tun hatte, als meine Büsten zu schnappen und mit offener Hose vor dem Wildschwein, tollwütigen Dinosaurier oder was-auch-immer-das-gewesen-sein-mochte davonzustürmen! Voller Panik und mit Vollgas. Natürlich soll man das nicht tun, mit Vollgas und offener Hose durch einen Wald rennen, aber in meinem Fall ging es eben nicht anders, und weil ich richtiggehend blind vor Angst war, bin ich über eine Baumwurzel gestolpert, der Länge nach hingeknallt, während die Tüte mit den Büsten auf einem Stein zu Bruch gegangen ist.

So war das. Ich mit mit kaputtem Fuß, kaputten Büsten und nacktem Bauch mitten im Wald.

Das Ende der Welt...

Kapitel zwei.
Eine Verkettung einigermaßen passabler bis richtig erfreulicher Ereignisse:

So richtig lange lag ich zum Glück aber nicht da. Zumindest war ich immer noch dabei, meine Hose zuzumachen (was mir wegen der furchtbaren Fußschmerzen nicht richtig gelang), als plötzlich Charlotte vor mir stand. Breitbeinig wie ein Cowboy und mit Colt an der Hüfte... Äh, das mit dem Colt stimmt natürlich nicht, aber sie schaute so grimmig drein, als würde sie gleich eine Pistole zücken und schießen. Dazu passend sagte sie auch richtig gemeine Sachen. Ich solle ja nicht glauben, dass diese bescheuerten Briefchen irgendetwas bei ihr, Charlotte und Suse wettmachen würden, sie sei nur erschienen, um mir zu sagen, dass sie alle Drei nicht kommen würden, und im übrigen würde sie auch nicht auf mein Vortäusch-Manöver reinfallen.

Liebe Nachwelt! Es hat ungefähr fünf Minuten gedauert, bis ich Charlotte davon überzeugt hatte, mir wenigstens dabei zu helfen, vorsichtig den Strumpf runterzuziehen, um nachzugucken, was los ist. Zum Vorschein kam ein blauroter, geschwollener und alles in allem ziemlich ekelerregender Knöchel. (Hallo, der Beweis!) Charlotte wurde bleich und meinte mit tonloser Stimme, ich solle mich ja nicht bewegen, sie würde sofort Hilfe holen.

Zehn Minuten später war Charlotte zurück, Mops und Suse in ihrem Schlepptau (Besser hätte es gar nicht laufen können, liebe Nachwelt!) und...

Oh, Gott, jetzt wird mir schlecht...

21. Mai, zu Hause, gemütlich mit heißer Schokolade und verbundenem Fuß im Bett:

Mann, ist das schön wieder zu Hause zu sein!
Alle sind so nett zu mir! Mama, Papa und Lilli! Und mein Bett duftet nach Plätzchen. (...weil ich eine offene Kekstüte direkt neben mir stehen habe)
Vorhin war unser Haus-Doc hier und hat mir den Fuß verbunden. Das Ding ist ziemlich blöd verstaucht, na ja...
Aber jetzt muss ich erst mal nicht in die Schule und Kiki sehen. (Finde ich gut.)
Gestern im Bus war es noch ziemlich peinlich, weil ich mich wieder mal übergeben musste. (Selbst Schuld, wenn man im Bus schreibt, meinte Mama.)
Ach ja, ich hab ja noch gar nicht zu Ende erzählt, wie es mit dem Puten-Gestirn und meinem Fuß ausgegangen ist.
Tja, ich kann mich wirklich nicht beschweren... Als hätte es den Zoff zwischen uns gar nicht gegeben, haben mich alle Drei untergehakt, ins Jugendhaus zurückgeschleppt und mich in einer Tour getröstet! Keine Meckereien, kein einziges böses Wort!
Später, als wir auf den Bus gewartet haben, wollte Suse wissen, was denn eigentlich in der Plastiktüte ist. Ja, was denn wohl? Büsten-Bruch, liebe Nachwelt.... Leider, leider ist nicht mehr viel von meinen genialen Kunstwerken übrig geblieben. Charlotte, Mops und Suse fanden es trotzdem klasse, dass ich versucht hatte, sie in Form von Büsten zu verewigen, und jede von ihnen hat sich ein paar Tonklumpen ausgesucht. (Das nenne ich wahre Freundschaft!!)

PS. Nur gut, dass Suse sich nicht als Pickelgesicht erkannt hat!

PPS. Keine Ahnung, was das Charlotte, Mops und Suse am Ende dazu gebracht hat, sich mit mir zu versöhnen. Mein kaputter Fuß? Der Büsten-Bruch? Oder hatten sie vielleicht eh schon vorgehabt, mich wieder in ihren Kreis aufzunehmen?

???

Später:

Weißt du, wer eben hier war, liebe Nachwelt?

Das Puten-Gestirn!!

Mann, bin ich froh...

Aber der Reihe nach:

Die Drei haben mir Schokolade mitgebracht, sich rund um mein Bett verteilt und mich erst mal so richtig fies zusammengestaucht. (Ich hatte ja gedacht, Versöhnung sei Versöhnung, aber dass sie am See so nett zu mir waren, hatte wohl doch hauptsächlich mit meinem schlimmen Fuß zu tun...) Dass ich mich unmöglich benommen hätte, „asozial" und „egoistisch", und wie ich es überhaupt hätte wagen können, wegen einer Pute wie Kiki ALLES um mich herum zu vergessen. (Und so weiter und so fort...)

Zur Strafe musste ich ihnen dann die ganze Kiki-Geschichte erzählen, was ich (wenn auch nur widerwillig) brav getan habe. Ein bisschen doof kam ich mir schon vor und es tat auch ziemlich weh, auf diese Weise wieder in jeder kleinen Pups-Einzelheit an sie erinnert zu werden, aber wahrscheinlich hab ich das nicht anders verdient.

Als ich meinen Bericht mit dem Satz „Kiki hat mich also wie eine heiße Kartoffel fallen lassen.“ beendete, meinte Mops ganz cool, dasselbe hätte ich mit ihnen doch auch gestan.
Hm... Wahrscheinlich hat sie Recht...

PS. Was das Schönste am Besuch der drei Grazien war: Dass wir alle Drei seit ewigen Zeiten endlich mal wieder miteinander gequatscht haben.

PPS. Ach, noch was. Charlotte, Suse und Mops wollen sich nicht davon überzeugen lassen, dass Hasspute Carmen eigentlich eine ganz nette Person ist. (Immerhin haben wir ihr unsere Versöhnung zu verdanken!!)
Charlotte meinte, eine wie die wolle sich nur einschleimen. Unlogischer Gedankengang, Charlotte! Wenn dem so wäre, hätte sie a) sich komplett bei mir eingeschleimt, und b) ein paar Keile zwischen mich und die drei Grazien getrieben.

PPS. Äh... Mops ist alles andere als eine Grazie.

22. Mai

Darf immer noch zu Hause rumgammeln!
Schö -h- ön!
Eben hat mir Mops die Schularbeiten gebracht und mir mit einem reichlich dämlichen Grinsen liebe Grüße von Hasspute Carmen ausrichten lassen (Was soll dieses Gegrinse, Mops?). Anschließend meinte sie, ich solle bitte nicht von ihr verlangen, Hasspute Carmen in ihr Herz zu schließen (Das verlangt doch auch keiner von dir, Mops!). Nach ein paar Minuten belanglosem Rum-

gelaber hat sie mich mit leicht zickigem Unterton gefragt, ob ich eventuell vorhätte, Hassputе Carmen zu einer neuen Kiki zu machen. (Nein, Mops, das habe ich garantiert nicht vor, trotzdem kann ich sie ja wohl nett finden!)
Eigentlich wollte ich mich schon die ganze Zeit über nach unserer Band erkundigen, aber erst, als Mops schon in der Tür stand um zu gehen, habe ich mich getraut.
Irgendwie war es wohl das falsche Thema, denn Mops fing ganz grässlich an zu schnaufen, und dann blaffte sie mich an, sie hätte weiß Gott keine Lust auf so unzuverlässige Bandmitglieder wie mich.
Das hat gesessen.

Später:

Hey, das gibt's ja gar nicht!
Eben war Nick hier und hat mir ein Genesungsglas Nutella vorbeigebracht. Wirklich süß von ihm, aber woher weiß er...?
Natürlich habe ich ihn das sofort gefragt, woraufhin er rot geworden ist und den Namen „Charlotte" ziemlich feucht ausgespuckt hat.
Mensch, das sieht ja ganz so aus, als ob...
Muss schnell Charlotte anrufen!

23. Mai

Schlafe, döse und lese den ganzen Tag. Keine Lust zu schreiben.

PS.
Bald ist mein Notizheft schon wieder voll.
Schiete. Brauche dringend ein neues.

24. Mai

War heute das erste Mal draussen und habe ein Geburtstagsgeschenk für Mama besorgt. (Kaffee aus ökologischem Anbau). Außerdem kriegt sie die Reste vom Büsten-Bruch. (Das was Charlotte, Suse und Mops übrig gelassen haben, ist eigentlich noch ganz passabel.)

Gleich kommt Charlotte.

Später:

Punkt eins) Ich hätte es mir ja gleich denken können! Charlotte und Nick haben sich wieder pärchenmäßig zusammengetan. *Und zwar und zwar und zwar...* sind sie zur Versöhnung gleich in die Vollen gegangen und haben Petting gemacht (eine Sache, die ich vermutlich erst im Jahr 3007 zustande bringen werde). Ehrlich gesagt kann ich mir Nick kein bisschen beim Petting vorstellen. Und ich weiß auch nicht, ob ich mit einem Nick, der jetzt laufend an Charlotte rumfummelt, noch ganz normal am Tisch sitzen und Reste aus dem Kühlschrank essen will. Weiß ich echt nicht...

Punkt zwei) Habe Charlotte nach Kiki ausgequetscht. Folgendes ist dabei herausgekommen: Angeblich läuft Kiki jetzt immer mit einer Rothaarigen und einem Typ mit schwarzgefärbten Haaren herum, und alle Drei tragen sie schwarze Klamotten. Hm... Was soll mir das jetzt sagen?

Zoé??

PS. *So, liebe Toni, nun hör mal auf, so ekelhaft neidisch und missgünstig zu sein. Hauptsache Charlotte und Nick haben ihren Spaß, o.k.? Jaaa! O.k....*

25. Mai

War heute den ersten Tag wieder in der Schule. Was alles passiert ist:

1) Der Hengst und Frau Möller-Kosemann haben mich beide für meine mündlichen Wortbeiträge gelobt! (Ist es denn zu fassen? Ausgerechnet heute, wo ich mich vor Angst, Kiki über den Weg zu laufen, kaum auf den Unterricht konzentrieren konnte.

2) Suse will Badminton schmeißen. (Ihr Schwarm hat sich mit einem anderen Mädchen aus dem Verein (zwecks Petting und so?) zusammengetan. (Das ist bitter...) Am liebsten würde Suse jetzt auf Schwimmen umsteigen, aber da sie immer so leicht Nasennebenhöhlenentzündungen bekommt, hat ihr Hausarzt ihr davon abgeraten. (Das ist ebenfalls bitter.)

3) Habe Kiki nicht gesehen. Mein Herzklopfen war also ganz umsonst.

4) In der Pause gabs einen Toni-Hasspute-Carmen-Dreiergestirn-Zusammenprall. Erst haben wir alle etwas betreten und verklemmt aus der Wäsche geguckt, aber als Hasspute Carmen eine Tüte Gummibärchen gezückt und uns davon angeboten hat, war das Eis so halbwegs gebrochen. (Was aber nicht heißt, dass Charlotte, Mops und Suse ihr gleich vor lauter Entzücken um den Hals gefallen sind...)

5) Hab an der Milchausgabe einen Typen gesehen, der mich stark an Ole erinnert hat. Leider **war** es aber nicht Ole. (Was ein Zeichen dafür ist, dass ich eher zwanzig Ole-Doppelgänger in Berlin treffe als ihn höchstpersönlich.)

Vorm Einschlafen:

Freue mich auf morgen. Sophia hat sich frei genommen und kommt zu Mamas Geburtstagskaffeetrinken. Papa und Mama machen logischerweise auch frei. Ob Lilli da ist, weiß ich nicht. Ich weiß nur, dass es von Papa selbst gemachtes Tiramisu gibt.
Lecker!

26. Mai

Gleich geht das Kaffeetrinken los (Sophia ist schon da.), aber vorher muss ich noch meine Wut ablassen. Meine unglaublich riesige Wut!

Folgendes ist heute in der Schule passiert: Große Pause. Ich will gerade mit meinem Apfel zu Suse und den anderen nach draußen auf den Hof gehen, *doch dann, doch dann, doch dann...* Wer lungert da alleine am Eingang rum? KIKI. Fast hätte ich auf dem Absatz kehrt gemacht, aber dann hab ich mir gesagt, warum eigentlich, schließlich hat Kiki die Schule einschließlich Pausenhof nicht gepachtet. Also schlendere ich betont lässig auf sie zu, lege ein künstliches Lächeln auf, sie sieht mich an, lächelt ebenfalls einen Moment (aber nicht künstlich, sondern ganz herzlich!!??), dann sagt sie mit versteinerter Miene: *„Hallo, Toni.“ „Hallo“,* erwidere ich und beiße von meinem Apfel ab, weil ich nicht weiß, was ich sonst tun soll. Und Kiki fragt: *„Wie geht's?“ „Gut“,* lüge ich und starre Kiki an. Starre in ihr so vertrautes Gesicht mit den blauen Augen, sehe, wie sie die linke Hand zum Mund führt und an ihrem (grünlackierten!) Daumennagel knabbert. Eine Sekunde lang denke ich, hey, Mann, es wird alles wie früher, Charlotte, Suse und Mops müssen eben damit klarkommen, dass ich noch eine beste Freundin habe. In meinem Kopf routiert nur ein Gedanke: Du musst sie jetzt aufhalten, sag etwas, **irgendetwas**, Hauptsache, sie rennt dir nicht gleich weg – und schon plappere ich drauflos. Von der Klassenfahrt erzähle ich, von meiner Kotzerei, von den Büsten und meinem blöden Sturz... Wie eine Idiotin quassele ich völlig kariert durcheinander (fast wie bei Manu an unserem Aquarium-Tag) und will dabei nicht wahrhaben, dass Kiki gar nicht zuhört, dass sie sich immer wieder suchend umsieht.

„Du, ich muss dann mal...“, sagt sie plötzlich, geht einen Schritt rückwärts, lächelt wieder dieses Sekundenlächeln, und dann ist sie weg. Ich stehe da wie Pik Sieben und fange an sie zu hassen.

PS. Ich glaube, ich hasse sie wirklich.

PPS. Nur gut, dass ich eher wütend als traurig bin.

27. Mai

Hab mir eben in der Stadt ein neues Tagebuch-Notizheft gekauft (weil dies hier ja bald zu Ende ist). Außerdem ein absolut cooles Sommer-T-Shirt mit ganz vielen kleinen rot-weißen Karos. (Liebe Nachwelt, hast du schon mal ein kariertes T-Shirt gesehen?)

Später:

Das Familienkaffeetrinken gestern war absolut nett. Sophia hatte ihren (**süßen**) Klaus mitgebracht und Lilli richtig gute Laune. Ich war zwar zunächst noch wegen Kiki reichlich mies drauf, aber a) hat Klaus mich mit seinen Späßen aus meinem Depri-Loch rausgeholt und b) fühlte ich mich in meinem neuen T-Shirt ein bisschen als Star des Nachmittags. (Ehrlich, liebe Nachwelt! Klaus hat ganz oft mein T-Shirt angeschaut! Oder vielleicht doch etwa mich und meinen Busen???)

Wir haben Mama mit Geschenken überschüttet, fett Tiramisu gegessen, und weil wir alle wollten, dass Mamas Geburtstagsfeier noch ewig weitergeht, hat Papa zu späterer Stunde Spaghetti gekocht.

Beim Abschied hat Klaus mir ein kleines nach Knoblauch riechendes Küsschen gegeben!!! (doppelt süß!)

PS. Modeschöpferin Lilli findet mein neues T-Shirt kackdoof. Ich sag ja: Die Frau hat keine Ahnung. (Und außerdem benutzt sie unmögliche Ausdrücke!)

28. Mai

Eben hab ich durch den Spion beobachtet, wie Charlotte und Nick knutschenderweise nach oben gegangen sind. Ob sie jetzt gleich Petting machen *werden?*

Keine Ahnung, warum mich der Gedanke so beunruhigt...

Später:

Fühl mich ein bisschen einsam...

Hätte jetzt richtig Lust mit Mama und Papa, von mir aus auch mit Lilli „Mensch, ärgere dich nicht!" zu spielen. Ganz wie früher. Oder ist das kindisch?

(Hey, Leute! Bald bin ich vierzehn!)

Noch später:

Hab der Reihe nach meine Freundinnen durchtelefoniert, aber leider hat keine von ihnen Zeit. Suse ist beim Schwimmtraining (da hat sie ja nicht lange gefackelt!), Mops bei ihrer Oma, Charlotte (siehe oben), Hasspute Carmen kriegt Besuch von ihrer Cousine. Immerhin hat sie kurz mit mir am Telefon geplauscht, und das war doch sehr nett. Ihr Onkel besitzt eine Cart-Bahn; vielleicht will sie mich mal mitnehmen.
Eigentlich ist das Leben doch gar nicht so schrecklich. (Und die Zeiten, in denen ich kotzenderweise aus Bussen gestolpert bin, sind ja vorerst auch vorbei...)
Uff.

29. Mai

Liebe Nachwelt, ich hab's nicht mehr ausgehalten und bei Kiki angerufen. Eigentlich dachte ich ja, ich wäre mit dem Thema durch, aber Pustekuchen!
Bin leider überhaupt nicht damit durch.
Und werde es wohl auch im Jahr 3007 noch nicht sein.
Jedenfalls, jedenfalls, jedenfalls... hat Herbert abgenommen.
Ich weiß nicht mehr genau, wie unser Telefonat ging, aber ich versuche es trotzdem mal zu aufzuschreiben:.

Herbert, nett: Ach, hallo, Toni!
Ich, mit Wackelstimme: Hallo. Ist... Kiki... da?
Herbert, nett: Nein... Ich fürchte nicht.
Ich: Ach so. Schade. Na, dann...
Herbert: Mhm.
Ich: Gut. Also..., tschüss.

Herbert: Ja... Tschüss, Toni. (laut) He, wart mal kurz!

Ich, verunsichert: Ja-h-a?

Herbert, traurig: Toni... Es tut mir alles so Leid. Ich mein, dass es zwischen dir und Kiki...

Herbert schweigt. Ich schweige. Dann:

Ich: ...aus ist?

Herbert: Ja, genau. (kleine Pause) Toni?

Ich, mit Herklopfen: Wassn?

Herbert seuzt, dann wortschwallmäßig: Wenn ich bloß wüsste, was mit Kiki los ist! Sie... sie ist so merkwürdig geworden..., so fremd..., umgibt sich mit diesen komischen Gruftie-Leuten, liest dieses ganze Hexenzeug...

Ich, murmelig, mit Herzpuckern: Ja... Komisch...

Herbert: Du kannst mir glauben, Toni... Mir wäre es wirklich lieber, alles wäre beim Alten geblieben. Ich mein, du und Kiki...

Ich, mit dickem Kloß im Hals: Ja?

Herbert, mit belegter Stimme. Aber was soll ich machen? Ich kann ihr ja nicht ihre Freunde vorschreiben...

Ich, murmelig: Nee... Geht wohl nicht.

Herbert räuspert sich, dann: Vielleicht ist ja auch alles nur eine Phase, und eines Tages stehst du wieder bei uns auf der Matte... (auflachend) Wäre doch schön, wenn wir wieder mal zusammen zelten würden, hm?

Ich, murmelig, mit Kloß im Hals: Ja. Fänd ich auch... Gut, dann...

Herbert, unterbricht: Übrigens... Bob lässt dich herzlich grüßen. Er hat gefragt, ob er dich mal anrufen darf, wenn er wieder in Berlin ist.

Ich, mit Herzrasen: Ja - h - a...

Herbert: Fein, dann geb ich ihm deine Telefonnummer.

Ist das nicht ein Ding? Bob will mich anrufen!!!
Da kann Kiki mich doch mal mit ihrem komischen Hexenkram!
(Finde ich übrigens nett, was Herbert so gesagt hat.)

Später:

Habe eben so laut Sweet gehört, dass Lilli reingekommen ist und sich beschwert hat.
Mensch, Lilli! Du hast weder von Mode noch von Musik Ahnung!

PS. Später hat sie sich zu mir ins Bett gelegt und mir erzählt, dass sie verliebt ist. Na, so was!? Ich dachte, sie wollte solo bleiben? Weil die Männer doch nie halten, was sie versprechen? *Jedenfalls, jedenfalls, jedenfalls...* ist es laut Lilli die ganz große Liebe. Amerikanistikstudent, zum Glück ohne Glatze.
Die hat's gut!
Schade, dass Manu nicht meine große Liebe sein konnte...

30. Mai

Keine Zeit zu schreiben. Charlotte, Suse, Mops und ich wollen an den Plötzensee zum Baden **fahren**. Eigentlich fände ich es ja nett, wenn auch Hasspute Carmen mitkäme, aber ich will mich nicht gleich wieder bei den drei Grazien in die Nesseln setzen.

31. Mai

Muss ein bisschen kleiner schreiben, weil mein Heft fast voll ist. Was gestern und heute noch passiert ist:

Unnett: Charlotte und Nick sind schon wieder auseinander. Angeblich will Nick nur noch Petting machen und gar nicht mehr mit ihr reden. (In Bezug auf mich finde ich das allerdings sehr nett. So habe ich wieder mehr von beiden... Soll ich Nick eventuell doch mal wieder zum Putzen abkommandieren?)

Nett: Charlotte, Suse, Mops und ich haben uns im Schwimmbad Plötzensee endlich mal richtig ausgesprochen. Und Eis gegessen. Und Lakritze. Und Mops ist es egal, dass sie ein bisschen moppelig ist. Noch netter: Dass es mal eine Person namens Kiki gegeben hat, ist zwar noch auf der Festplatte meines Kopfes gespeichert, aber wenn ich wollte, könnte ich es jeder Zeit löschen. Jawohl!!

Noch viel netter: Mops ist dafür, dass die „HONOLULU-GIRLS" wieder ihren Betrieb aufnehmen. Von ihr aus auch mit einer Platzhirschin namens Emmy und einer unzuverlässigen Person namens Toni. Letzteres könnte sich ja vielleicht noch ändern.

Am allernettesten: Bob hat angerufen!!! Er kommt nächste Woche nach Berlin!!! Zwar ist er eigentlich schon ein alter Mann und sieht zudem noch besch... aus, aber ich freue mich wahnsinnig auf seine lustigen Plinkeraugen!

So , jetzt ist aber wirklich kein Platz mehr. Mach's gut, liebe Nachwelt, demnächst wieder auf dieser Welle!

Toni, die die besten Freundinnen der Welt hat!